Jörg und Jona Steinleitner

Juni im Blauen Land

Jörg Steinleitner,
geboren 1971 im Allgäu und studierter Germanist, Historiker und Rechtsanwalt, hat mehrere Bücher für Erwachsene geschrieben, die er in lustigen Lesungen präsentiert. Er lebt mit seiner Frau, drei Kindern, einem Pony und drei Wachteln auf einem alten Bauernhof am Riegsee im Blauen Land. Unterstützt wird er beim Ideenfinden, Schreiben und bei Lesungen von seiner Tochter Jona, Jahrgang 2003. »Juni im Blauen Land« ist ihr erstes gemeinsames Buch.
Weitere Infos: *www.steinleitner.com*

Ulla Mersmeyer
ist »an der Waterkant« in Bremen aufgewachsen. Dort gibt es keine Berge, dafür aber freche Möwen und frischen Fisch. Hier machte Ulla auch eine Ausbildung am Theater. In Münster studierte sie danach Illustration für Kinder- und Jugendbücher. 2012 zog sie zusammen mit ihrem Freund nach Berlin. Wenn Ulla nicht zeichnet, malt oder schreibt, dann liest sie Bücher, spielt Klavier oder streift durch die bunte Großstadt auf der Suche nach inspirierenden Eindrücken oder gutem Essen.

Jörg und Jona Steinleitner

Juni im Blauen Land

Illustriert von Ulla Mersmeyer

Arena

FSC
www.fsc.org
MIX
Papier aus verantwortungsvollen Quellen
FSC® C110508

2. Auflage 2016

Einband und Illustrationen: Ulla Mersmeyer
Gesamtherstellung: Westermann Druck Zwickau GmbH
ISBN 978-3-401-60150-2

www.arena-verlag.de
Mitreden unter forum.arena-verlag.de

1. Kapitel

in dem sich herausstellt, dass wir Rosenglücks eine fast ganz normale Familie sind

Ich heiße Juni. Wenn die Leute das hören, sagen sie, das ist doch ein Monat und kein Name. Dann sage ich, dass ich da nichts dafürkann, denn den Namen haben mir ja schließlich meine Eltern gegeben. Ansonsten sind wir aber eine fast normale Familie. Ich sage »fast«, weil manche Leute im Dorf denken, dass wir spinnen. Zum Beispiel glaubt der dicke Gerstenbauer, der immer mit seinem Elektrofahrrad durchs Dorf flitzt, dass mein Vater nichts arbeitet! Das stimmt natürlich gar nicht. Aber ich kann dem dicken Gerstenbauer nicht

böse sein, denn es sieht manchmal wirklich ein bisschen so aus. Die meiste Zeit sitzt mein Vater nämlich im Garten und schaut. Das ist seine Arbeit! Wenn er so sitzt, dann denkt er. Jedenfalls sagt er das. Und wenn er genug gedacht hat, dann malt er. Mein Paps ist nämlich Maler. Also nicht so einer, der Häuser anmalt, sondern einer für Bilder und Gemälde, die er sich selber in seinem Kopf ausdenkt.

Meine Mutter ist ganz genauso normal wie mein Vater, also fast. Sie räumt zum Beispiel nicht sehr gerne auf, bügelt nicht gerne und läuft viel nackt im Haus herum. Ich finde das superpeinlich. So eine fast normale Mutter darf nicht dauernd nackt herumlaufen, sonst bekommt der Briefträger Schluckauf.

Aber unsere nackte Mutter sagt, die Luft sei gut für ihre Haut. Manchmal macht sie sogar nackte Gymnasiastik im Flur. Ich weiß ja nicht, was du darüber denkst, aber ich finde, Mütter sollten schon ein bisschen Vernünftigkeit mitbringen. Immerhin bäckt Mams ziemlich gute Pfannkuchen. Von Beruf ist sie übrigens Schreinerin. Das ist auch gut. Denn sie kann so ziemlich alles bauen, was es gibt. Leider baut sie am liebsten Zeugs, das man nicht gebrauchen kann. Zum Beispiel diesen riesigen Schmetterling aus Holz, der in unserem Garten steht und flötet,

wenn der Wind bläst. Für was soll so ein Holzding bloß gut sein?

Wie du schon gelesen hast, nenne ich meine Eltern Paps und Mams. Und meine Geschwister tun das auch. Ich habe zwei davon: eine kleine Schwester, die heißt Elfe und ist sieben Jahre alt, und einen sehr kleinen Bruder, der heißt Jimmie und ist fünf. Ich selbst bin zwei Jahre älter als Elfe, den Rest kannst du dir selber ausrechnen.

Unsere Namen waren ein echtes Problem, als wir vor fünf Jahren von der Stadt aufs Land gezogen sind. In dem Dorf, in dem wir wohnen, heißen die ältesten Söhne nämlich praktisch alle Josef und die Mädchen Maria, Annemarie oder Johanna. Dagegen klingen Jimmie, Elfe und Juni ganz schön komisch. Aber irgendwie passt das zu uns, denn wir Rosenglücks sind ja auch sonst ein bisschen komisch und besonders.

Da ist zum Beispiel die Sache mit meinen Augen: Die sind so besonders, dass ich vielleicht mal berühmt werde: Das linke Auge ist hellblau und das rechte hellblau mit Grünstich. Verrückt, oder? Aber der Arzt sagt, es ist keine Krankheit und niemand muss sich Sorgen machen. Ich kann mit diesen komischen Augen auch alles gut sehen und mag sie sehr. Genau wie meine Haare. Die sind nämlich nicht einfach blond. Irgendjemand hat da noch ein bisschen Rot reingemischt. Paps behauptet, dass er das war, weil er bei den Malfarben noch etwas übrig hatte. Ich glaube, das erfindet er, aber ich weiß auch nicht, woher das Rot sonst kommen soll.

Mein sehr kleiner Bruder Jimmie ist nur semmelblond. Seine zwei hellblauen Augen wurden ganz ohne

Grünstich zusammengebaut. Und meine kleine Schwester Elfe fällt – na logo – wie immer total aus der Reihe: Sie hat schwarze Haare, grüne Augen und es ist echt nicht normal, wie bockig die sein kann. Sicher hoffst du jetzt, dass wenigstens mit meinem kleinen Bruder Jimmie alles normal ist. Fehlanzeige! Bei Jimmie ist das Komische, dass er schon lesen kann, obwohl das verboten ist, weil er erst im Herbst in die Schule kommt. Und noch etwas ist besonders an meinem sehr kleinen Bruder: Er hat oft Sachen an, die aussehen wie vor hundert oder tausend Jahren – so Hemden und Mützen und Hosen wie der Michel von Lönneberga. Das macht er, seit wir letztes Jahr im Urlaub im echten Lönneberga waren.

Aber jetzt mal wieder zurück zu den wichtigen Sachen: Unsere ganze Familie heißt Rosenglück, auch Paps und Mams. Ich finde das einen okayen Nachnamen, obwohl Rosen nicht so richtig mein Fall sind. Gänseblümchen mag ich lieber, weil die nicht so piken. Aber stell dir mal vor, wir würden Gänseblümchenglück heißen – da würden die Leute im Dorf uns noch schraubelockiger finden.

Unser Dorf liegt an einem See. Und dieser See liegt im Blauen Land. Menschen, die noch nie etwas vom Blauen

Land gehört haben, kann man sagen: Es liegt ziemlich genau zwischen der Zugspitze (das ist der höchste Berg von Deutschland oder sogar von der Welt) und München (das ist eine Stadt mit einer Kirche, deren Türme so aussehen, als wären da oben Brüste drauf). Weil es im Blauen Land so schön ist, haben hier früher berühmte Maler gewohnt. Die heißen Gabriele Münter, Wassili Kandinsky und Franz Marc und sind schon ewig tot. Einer von denen hat mal ein blaues Pferd gemalt. Obwohl es keine blauen Pferde geben kann, gefällt mir das Bild.

An unserem See gibt es eine Badestelle mit einem Steg. Im Sommer kann man von hier aus Kopfsprünge ins Wasser hechten. Im Winter ist der See zugefroren. Da macht man besser keine Kopfsprünge. Dafür laufen wir dann immer Schlittschuh. Unser Haus steht ungefähr achtundzwanzig Meter weit von dem See weg. Mit einem Maßband habe ich es noch nicht ausgemessen. Aber wenn ich die Schritte zähle und dabei darauf achte, dass sie groß werden, kommen ungefähr achtundzwanzig dabei heraus. Wenn meine kleine Schwester Elfe Schritte macht, sind es fünfunddreißig. Elfe meint deshalb, dass der See fünfunddreißig Meter von unserem Haus entfernt liegt. Ich habe Elfe gesagt, dass das keine Meterschritte sind, die sie da macht, aber erklär das mal Elfe. Die glaubt ja auch, dass sie fünfzehn Liter wiegt. Obwohl wir in der Sache mit dem See anderer Meinung sind, haben Elfe und ich deswegen noch nie gestritten. Um Schokolade, Gummibärchen und Haarspangen streiten wir uns aber ständig. Außerdem haben wir hin und wieder Streit, weil Elfe einfach nicht einsehen will, dass ich es bin, die bestimmen muss, was wir spielen. Schließlich bin ich doch die Große! Und wenn ich sage, wir spielen jetzt Pferdestall, dann muss Elfe mitspielen. Und darf nicht plötzlich Bande oder Detektiv oder Eishockey oder Schule spielen wollen. Ich habe Elfe schon hundert Mal gesagt, dass das so nicht weitergeht mit dem Streiten. Wir werden ja schließlich jedes Jahr älter!

2. Kapitel

in dem du Kröte, Tine, Kartoffel und unsere ganzen anderen Tiere kennenlernst

Das Haus, in dem wir wohnen, ist sehr alt, hundert oder tausend Jahre oder so. Außer uns leben hier noch eine Marderfamilie, die jedes Jahr Kinder bekommt, und mehrere Mäusefamilien.

Wir wissen nie so genau, wie viele es gerade sind – die *Schnurrliburrli* von unserer Nachbarin Tante Amelie ist nämlich eine gute Jagdkatze.

Dann gibt es bei uns noch das Pony Johnny, das wann immer möglich von der Koppel abhaut, und die Hühner Kröte, Tine und Kartoffel. Und natürlich unseren Hahn Söder und mehrere Gastkatzen. Die Gastkatzen heißen Gastkatzen, weil sie eigentlich unseren Nachbarn oder niemandem gehören. Natürlich streicheln wir die Gastkatzen auch – nur die eine verwilderte nicht, weil die beißt. Und wir versuchen, ihnen Kunststücke beizubringen, wobei die meisten Katzen sich ziemlich dämlich anstellen. Mein kleiner Bruder Jimmie hätte deshalb lieber einen Tiger. Denn Tigern kann man sogar beibringen, durch brennende Reifen zu springen. Ich finde diese Idee mit dem Tiger nicht so gut. Wir waren nämlich letztes Jahr mit unserer Klasse im Zoo und ich sage dir, so ein Tiger ist eine Stinkbombe mit Streifen!

Wenn Jimmie keinen Tiger bekommt, dann will er ein Krokodil haben. Aber das ist ja wohl mindestens genauso doof, denn Krokodile stinken auch und durch einen brennenden Reifen können die mit ihrem langen Schwanz mal ganz sicher nicht springen.

Sicher wunderst du dich, warum unser Pony Johnny und die Hühner Kröte, Tine, Kartoffel und Söder alle so seltsame Namen haben. Ich verrate es dir: Kröte heißt Kröte, weil sie so komisch krächzt, Tine heißt Tine, weil sie ein wirklich schönes Huhn ist – und ist Tine nicht auch ein wirklich schöner Name? Und Kartoffel heißt Kartoffel, weil ihre Federn die Farbe von einer Kartoffel haben. Dass der Hahn Söder heißt, ist eine von Paps' albernen Ideen gewesen. Angeblich heißt ein berühmter Politiker aus dem Fernseher auch so und Paps findet es einen super Einfall von sich, dass der Gockel und der Politiker gleich heißen. Womit Paps in unserer Familie eher alleine dasteht, denn wir anderen sind nicht so politikinteressiert.

Dass unser Pony Johnny heißt, war auch eine Idee von unserem Paps. Dabei ist der Name eigentlich falsch, denn unser Pony ist eine Stute, also ein Weibchen.

Na ja, aber du musst dir einfach vorstellen, dass Paps einer von diesen total alten Männern ist (er ist schon dreiundvierzigeinhalb und kriegt einen grauen Bart), die es riesig witzig finden, dauernd Blödsinn zu reden und alles zu verdrehen. Meister Kühnlein, unser Nachbar, sagt, dass Paps genau genommen zu nichts zu gebrauchen ist, aber das meint der Meister Kühnlein nicht böse – glaube ich jedenfalls.

Meister Kühnlein ist ein pensionierter Hausmeister mit eigener Werkstatt. Er muss immer irgendwas machen, denn still sitzen, das kann er nicht. Dafür kann er alles reparieren, was es auf der Welt gibt, sogar Taschenrechner, Kugelschreiber und Fahrraddynamos. Außerdem isst Meister Kühnlein gerne eingelegte Gurken und Ananas. Wer ihm eine Freude machen will, schenkt ihm so was. Du glaubst gar nicht, wie glücksvoll der Meister Kühnlein dann schaut! Ich weiß nicht, warum, aber wenn Meister

Kühnlein so schaut, dann klopft mein Herz noch galoppiger als sonst.

Natürlich wohnen noch viel mehr Leute in unserem Dorf: zum Beispiel die Bauern Haselsteiner, Brezlinger und die vom Pickl-Hof. Zum Glück haben die alle auch Kinder, sodass es bei uns nie langweilig wird. Zwei von den Haselsteiner-Kindern, die Josefa und der Rudi, sind unsere besten Freunde. Dann gibt es bei uns noch den Leichenbacher-Bauer, dessen Kühe die schönsten Euter haben – finden jedenfalls alle im Dorf –, und die Hanne vom Kramerladen. Bei der kann man Bonbons, süßsaure Erdbeeren und Gummibärchen in Papiertüten kaufen. Der Brezlinger-Bauer hat noch einen Sohn. Den Franzi. Der ist schon siebzehn und ein langer Dünner mit großen Händen und einer viel zu tiefen Stimme für einen, der noch kein Mann ist. Paps sagt, Franzi sei ein Halbstarker. Aber ich habe ihn mal beobachtet, wie er ein Moped hochgehoben hat, und das war schon eher vollstark. Das Beste am Franzi sind seine Cowboy-Geschichten. Wenn er die erzählt, werde ich jedes Mal ganz staunig.

Neben all den netten Leuten gibt es auch noch einen Blöden in unserem Dorf: den bösen Fred. Der ist von Beruf

Kaminkehrer, bringt aber überhaupt kein Glück, sondern vor allem Pech. Alle Leute beten sofort ein Vaterunser (das ist so ein göttliches Gebet), wenn sie dem bösen Fred begegnen. Es heißt, dass der böse Fred schon einmal im Gefängnis gewesen ist. Wobei ich keine Ahnung habe, ob das stimmt.

So, jetzt kennst du so ungefähr alle in meiner Familie und in unserem Dorf. Aber eigentlich wollte ich dir etwas ganz anderes erzählen. Nämlich eine Geschichte über den tollsten und sonnigsten Sommer in unserem tollen Zuhause. Und diese Geschichte geht so:

3. Kapitel

in dem mein sehr kleiner Bruder mal wieder unbedingt Cowboy spielen will

An irgendeinem Tag, vermutlich einem Dienstag oder Donnerstag, schlug Jimmie vor, dass wir unser Pony Johnny holen und Cowboy spielen könnten. Ich persönlich finde Cowboy spielen ja eher so na ja. Immer dieses Rumgeschreie und Geknalle.
Aber die Idee, unser Pony Johnny zu holen, war auf alle Fälle in Ordnung. Deshalb rannten wir in Rekordtempo rüber zum Pickl-Hof, denn dort steht unser Pony im Stall. Warum, weiß ich nicht. Ich glaube aber, es liegt daran, dass Paps in unserem Stall seine Bilder aufbewahrt und es nicht gut wäre, wenn die nach Pferd riechen. Denn Paps verkauft die Bilder manchmal an fremde Menschen, die die Bilder dann in ihren feinen Häusern ins Wohnzimmer hängen. Und wenn dann so ein Wohnzimmer in einem feinen Haus nach den Pferdeäpfeln von unserem Pony Johnny riechen würde, dann würde vielleicht die Frau von dem Mann in Ohnmacht fallen.

Wir sind so schnell zum Pickl-Hof gerannt, dass die

Josefa und der Rudi, an deren Hof wir vorbeirennen mussten, ganz neugierig geworden sind. Sie sind sofort rausgekommen und mitgerannt. Das ist ganz normal in unserem Dorf. Weil hier nicht so viel passiert, sind alle immer ganz aufgeregt, wenn mal was los ist. Ein Dorf ist nämlich viel kleiner als eine Stadt, es ist also vom Menschlichen her weniger los. Dafür gibt es mehr Tiere, aber das hast du mittlerweile wahrscheinlich auch schon kapiert.

Die Josefa und der Rudi sind die Kinder vom Haselsteiner-Hof und unsere besten Freunde. Die Haselsteiners haben insgesamt fünf Kinder, dreißig Kühe, ein großes Pferd, dreiundzwanzig Hühner und eine Katze namens Minka. Die Tiere sind natürlich von Vorteil, wenn man irgendwas spielen will.

Die Josefa ist ein bisschen jünger als ich, nämlich acht. Du erkennst sie an ihren braunen Haaren, die sie immer zu einem Zopf gebunden hat, an ihrer hohen Stimme und daran, dass sie um den Mund herum meistens Ketchupspuren hat. Ketchupbrot ist nämlich ihre Leibspeise. Der Rudi ist etwas jünger als seine Schwester, nämlich sieben

und damit genauso alt wie Elfe, aber die beiden sind nicht ineinander verliebt, falls du das denkst.

Rudis Haare haben die gleiche Farbe wie die von seiner Schwester. Aber er hat sie ganz kurz rasiert, weil das praktisch ist, wenn man den ganzen Sommer in den See springt.

Wir rannten also alle zusammen zum Stall von unserem Pony. Das war halb umsonst, denn Johnny stand nicht in seiner Box, sondern draußen auf der Weide, zusammen mit den drei Pferden vom Pickl-Hof-Bauern. Wie immer, wenn wir zu Johnny kommen, hat sie so getan, als würde sie uns nicht kennen. Das nervt. Aber Johnny ist eben schon eine sehr alte Stute und vielleicht deswegen ein bisschen hochnäsig.

Wir schlüpften unter dem Zaun durch und hüpften durchs Gras zu den Pferden. Früher hatte ich immer ein bisschen Angst vor ihnen, vor allem vor Albatros. Der ist ein sehr großer Wallach. Falls du das noch nicht weißt: Ein Wallach ist ein Hengst, der keine Kinder mehr machen kann. Das ist natürlich schade. Andererseits sind Hengste, die noch Kinder machen können, ganz schön wild und manchmal sogar gefährlich. Das weiß ich, weil dem dicken Gerstenbauer, als der noch nicht so dick und viel jünger war, so ein wilder Hengst mit dem Huf eine reingehauen hat. Der Gerstenbauer hat dann viele Monate oder Jahre im Krankenhaus gelebt, er durfte kein Bier mehr trinken und das war sehr traurig für ihn.

Wir sind also zu den Pferden hingehopst und Johnny hat wieder so getan, als würde sie uns nicht kennen. Aber Albatros kam gleich angelaufen und hat mit seinen langen weichen Lippen an den Trägern von meinem Sommerkleid herumgezupft. Da musste ich sofort lachen. Das kitzelt nämlich ganz mächtig, wenn so eine weiche Pferdelippe an einem herumnuckelt.

Elfe, Rudi und Josefa waren schon bei Johnny und haben versucht, meinen sehr kleinen Bruder Jimmie auf das Pony zu heben. Aber so weit kam es nicht. Denn plötzlich habe ich eine schreckliche Entdeckung gemacht.

4. Kapitel

in dem wir es mit einem gemeinen Halfterräuber zu tun bekommen

»Halt, wartet, wir brauchen doch den Führstrick!«, rief ich. Und da fiel mir auf, dass Pony Johnny gar kein Halfter anhatte.

»Na und!«, schrie mein sehr kleiner Bruder Jimmie und machte Lassobewegungen mit den Armen. In Gedanken war er eben schon voll der Cowboy.

Ich aber wurde mit einem Mal sehr nachdenklich. Denn ich war mir hundertprozentig sicher, dass Johnny gestern, als ich sie auf die Weide gebracht hatte, ihr Halfter anhatte. Überhaupt ziehen wir unserer Ponystute das Halfter auf der Weide eigentlich nie aus. Dass Johnny jetzt so ganz ohne Halfter dastand, war verdächtig.

Während die anderen versuchten, hinter Jimmie auch noch den Rudi auf den Rücken des Ponys zu heben, rannte ich zu der Stelle am Zaun, wo wir immer die Führstricke hinlegen, wenn die Pferde auf der Weide sind. Kurz war ich erleichtert, als ich sah, dass wenigstens Johnnys Strick dort lag. Doch das Halfter blieb verschwunden! Ich schaute zurück zu den anderen. Albatros hatte sein Halfter an, Alpenrose hatte ihr Halfter an und Bella auch. Nur Johnny nicht. Sicher verstehst du, dass es mir in diesem Moment eiskalt den Rücken hinuntergelaufen ist. Hier war etwas faul.

»Hey«, schrie ich und rannte zurück zu den anderen, »hört mal: Johnnys Halfter ist weg.«

Die anderen reagierten überhaupt nicht, sondern alberten weiter auf unserem Pony herum. Das machte mich richtig böse.

Als ich die Kleinen erreichte, packte ich Jimmie am Arm und zog ihn vom Pferd. »Runter – ihr auch!«, schrie ich.

Zum Glück merkten Josefa und Rudi jetzt, dass ich sauer war, und rutschten von Johnnys Rücken runter.

Nur Elfe maulte: »Du doofe Allesbestimmerin«, aber das war mir schnurz. Hier ging es schließlich um was Ernstes und nicht um so einen Kleingemüsekinderquatsch.

»Das Halfter ist weg!«, sagte ich in die erstaunten Gesichter hinein. »Entweder Pony Johnny hat es verloren oder …« Ich zögerte, weil ich nach dem richtigen Wort suchte.

»Oder es wurde geraubt«, sagte Jimmie schnell. Weißt du, mein sehr kleiner Bruder ist zwar sehr klein, aber auf den Kopf gefallen ist er nicht.

»Wie soll Johnny denn das Halfter verlieren, bitte?«, fragte Elfe mit dieser blöden, viel zu tiefen, bockigen Bockwurst-Stimme, die sie immer kriegt, wenn sie so tun will, als wäre sie viel älter, als sie eigentlich ist. »Kann Johnny vielleicht mit seinen Hufen den Schnappverschluss vom Halfter aufmachen?«

Obwohl die Art, wie Elfe das sagte, absolut nicht okay war, hatte sie da natürlich recht. Ein Pferd kann sein Halfter nicht selber aufmachen. Dazu braucht man Finger. Und Pferde haben schließlich nur Hufe.

»Wir müssen das Halfter suchen!«, erklärte ich ernst. »Du, Elfe, gehst in den Stall und schaust, ob es da ist. Und wir anderen suchen die Weide ab.«

»Und wieso soll ausgerechnet ich in den Stall gehen, Juni? Ich will auch hier auf der Weide suchen!«, maulte meine Bockwurst-Schwester.

»Weil jemand im Stall suchen *muss*«, sagte ich.

»Ja, ›jemand‹«, sagte sie, wieder mit ihrer doofen Teenager-Stimme. »Aber ich bin die Elfe!«

Ich weiß schon, dass meine Schwester da recht hatte. Aber ich meine, wer hätte sonst in den Stall gehen sollen? Jimmie ist im Suchen ehrlich gesagt nicht besonders gut. Wenn man ihm sagt, hol deinen Schlafanzug aus deinem Zimmer, und der Schlafanzug liegt genau auf seinem Bett, dann kann es sein, dass er ins Zimmer rennt, überall schaut und den Schlafanzug trotzdem nicht findet. Obwohl der doch direkt vor seiner Nase liegt! Ich glaube, dass das bei kleinen Kindern ein bisschen so ist wie bei jungen Katzen, die sind ja auch die ersten sieben Tage blind (also jedenfalls hat mir das Josefas und Rudis Vater erklärt, als deren Katze Minka letztes Jahr Junge bekommen hat).

Jimmie in den Stall zu schicken, war also sinnlos. Und von Rudi und Josefa konnte ich es ja wohl schlecht verlangen. Schließlich sind die nicht meine Geschwister, da kann ich nicht so befehlig sein. Und ich selbst hatte keine Lust, im kalten Stall zu suchen. Das Wetter war so schön und es ist doch viel spannender, eine Weide abzusuchen als einen Stall, in dem die ganzen Fliegen rumpupsen. Deshalb sagte ich böse: »Elfe! Du gehst jetzt sofort in den Stall, sonst passiert was!«

»Ach ja?«, schrie Elfe zurück. »Was passiert denn dann?«

Ich hatte natürlich keine Ahnung, was passieren würde. Nachdenklich schaute ich mich um.

In die Stille hinein sagte Jimmie mit seiner coolen Selbstsicherheit, die er manchmal hat, obwohl er noch so winzig klein ist: »Sicher war es ein Räuber.«

Das brachte mich auf eine Idee und ich murmelte absichtlich leise, aber genau so laut, dass die anderen es noch hören konnten: »Wenn es ein Räuber war, der das Halfter von Pony Johnny geklaut hat, dann kann nur jemand besonders Mutiges in den Stall gehen. Denn …« Ich machte absichtlich eine Pause, damit die Ohren der anderen auch ganz gespitzt waren, und sagte dann: »… der Räuber könnte sich ja noch im Stall verstecken …«

Ich spürte sofort, dass dieser Satz saß. Wie erstarrt standen wir alle eine Weile lang schweigend da. Dann meinte Elfe ganz unbockig: »Okay, ich geh in den Stall.«

Da habe ich gelächelt. Aber nicht, weil ich meine kleine

Schwester reingelegt habe, sondern, weil ich stolz auf sie war. Elfe ist so unglaublich mutig. Ich glaube, ohne sie wäre die Welt nur halb so gut.

Als Elfe weg war, habe ich den anderen vorgeschlagen, dass wir uns mit unseren Rücken zueinander in die Mitte der Weide stellen und dann sternförmig nach außen gehen. So macht man das bei der Polizei, bei der Feuerwehr und unter Detektiven. Das habe ich in einem Buch gelesen. Ich hatte ungefähr achtundzwanzig Schritte gemacht, da schrie Rudi: »Das Halfter!«

Sofort rannten wir hin – und tatsächlich: Da lag Johnnys

Halfter. Ich habe sofort gesehen, dass da was nicht stimmte. Die Schnalle war nämlich zu und einer der Riemen durchgetrennt. Die beiden losen Enden waren so glatt, dass ich eins wusste: »Das hat jemand mit einem ziemlich scharfen Messer durchgeschnitten.«

»Der Räuber«, sagte Jimmie mit seiner Cowboystimme.

»Bei uns gibt's doch keine Räuber«, meinte Josefa mit ihrer hohen Stimme.

»Vielleicht sitzt der Räuber noch im Stall«, raunte Jimmie jetzt. Dann bekam er ganz große Augen. »Die arme Elfe.«

Weil mein Bruder recht hatte, wussten wir, was wir zu tun hatten. Auch wenn eine Schwester manchmal frech und bockwurstig ist, muss man sie retten. Immer.

Schnell rannten wir bis kurz vor den Stall. Dann schlichen wir uns im Indianergang bis zur Stalltür und linsten um die Ecke. Für ein paar Augenblicke war die Spannung kaum auszuhalten. Aber dann hörten wir Elfe singen.

»Räuber, bist du da-ha, Räuber, bist du da? Ich fang dich je-hetzt glei-heich und schmeiße dich in' Tei-heich ...«

»Elfe!«, rief ich, »komm raus, wir haben das Halfter.«

Sofort kam Elfe raus und sagte: »Da ist kein Räuber im

Stall.« Wir erklärten ihr die komplizierte Situation und Elfe kapierte sofort.

»Dann müssen wir ab jetzt besonders wachsam sein«, sagte sie mit Detektivstimme. »Denn irgendwer muss das Halfter durchgeschnitten haben.« Sie wurde noch leiser:

»Und wer so was macht, ist ein böser Mensch, denn das geht nur mit einem sehr scharfen Messer.«

Als ich mir die scharfe Klinge ganz nah an Pony Johnnys Augen vorstellte, füllten sich meine Knie mit Wackelpudding.

»Das war sicher ein Räuber«, raunte jetzt auch Rudi in so einem Verschwörerton und ich drehte mich vorsichtshalber einmal nach allen Seiten um. Nur falls uns jemand beobachtete. Bei so spannenden Sachen weiß man ja nie. »Jetzt brauchen wir erst mal ein neues Halfter«, sagte ich dann.

Während wir unser Pony mit einem neuen Halfter nach Hause führten, schaute ich Johnny von der Seite ganz genau an. Sie musste schließlich wissen, wer der Halfterräuber war. Aber leider sah sie nicht aus, als würde sie verstehen, was ich von ihr wollte. Und sprechen kann sie natürlich auch nicht. Denn Pferde, die sprechen, gibt es nicht in unserem kleinen Dorf am See.

Den Rest des Tages spielten wir Cowboypferd im Garten. Aber ich konnte mich dabei nicht richtig konzentrieren. Immer musste ich an den gemeinen Halfterverbrecher denken. Wer konnte zu so einer gemeinen Tat fähig sein? In unserem Dorf passieren nur ganz selten Verbrechen: Einmal haben die großen Buben einen

Kaugummiautomaten in die Luft gesprengt, einmal ist jemand der jungen Katze vom Brezlinger-Bauern über den Schwanz gefahren; der Schwanz musste dann vom Tierarzt ambutioniert werden oder so. Und einmal wurde Rudis Fahrrad von der Bushaltestelle gestohlen. Aber dieses Pony-Johnny-Halfterverbrechen war gemeiner und gefährlicher. Auch wegen dem Messer. Wer konnte dahinterstecken? Als ich am Abend einschlief, hatte ich viel Mulm im Bauch. Und mir war eines sonnenklar: Wir mussten das Halfterrätsel lösen. Aber bevor wir damit beginnen konnten, mussten wir uns noch um etwas ganz anderes kümmern. Und das hatte mit einem Krokodil zu tun.

5. Kapitel

in dem vielleicht ein Krokodil unser neues Haustier wird

Wie du bereits weißt, will mein sehr kleiner Bruder unbedingt einen Tiger oder ein Krokodil als Haustier haben. Wir haben Jimmie zwar schon hundert Mal erklärt, dass Tiger und Krokodile bei uns im Dorf nicht überleben können, weil es ihnen zu kalt wäre, gerade im Winter, wenn der Schnee die Wiesen zuglitzert und Eiszapfen wie durchsichtige Karotten von den Dachrinnen hängen. Aber das ist meinem sehr kleinen Bruder egal. Er glaubt, zumindest das Krokodil könne wohl sehr gut bei uns leben, weil wir ja den See haben.

Als Paps an dem Tag nach dem Halfterverbrechen aus der Stadt nach Hause kam, waren zwei Sachen sehr verdächtig: Erstens hob er aus dem Kofferraum eine Kiste heraus. Und zweitens schaute er dabei so besonders, dass ich mir gleich dachte, dass er für Jimmie ein Krokodil mitgebracht hat oder einen Tiger oder zumindest einen Hund. Auf jeden Fall musste es etwas Lebendiges sein, denn in dem Karton schabte etwas ganz schön herum.

Aber es bellte nicht. Und es machte auch keine Krokodilgeräusche, wobei ich gar nicht weiß, wie Krokodile eigentlich machen. Grunzeln sie? Krächzen sie? Knurren sie? Wenn einmal ein Afrikaner vom Nil vorbeikommt, kann ich ihn ja fragen.

Paps hatte also seinen besonderen »Na-da-werdet-ihr-aber-schön-staunen-Kinder«-Gesichtsausdruck aufgelegt und wir standen neugierig wie Berta Kohlrabi um den Kofferraum herum, als er den Karton mit dem Nicht-Krokodil aus dem Auto hob. Vorsichtig stellte er ihn auf den Boden. Dann klappte er die eine Klappe hoch und dann die andere. Ich wollte nicht als Erste hineinschauen, nur für den Fall, dass doch ein Krokodil drin hockte. Die Dinger beißen ja wie Hulle. Aber Elfe ist wahnsinnig mutig und so streckte sie ihre freche Skisprungschanzennase ziemlich weit nach vorn. Ist ja klar, dass sie so als Erste sah, was in der Kiste saß. Und das schrie sie dann auch so laut, dass Meister Kühnlein in seinen grünen Plastikgartenschlappen gleich herbeigeeilt kam, weil er dachte, dass wer Geburtstag hat oder tot umgefallen ist, jedenfalls was Schlimmes.

»Iiiiiiihhh, eine Ente!«, schrie Elfe.

»Das stinkt«, sagte Jimmie. Der Gestank kam von dem Dreck, den der Vogel in die Kiste gekackt hatte.

Die Hand vor Mund und Nase gepresst, brachte ich hervor: »Das ist keine Ente, Elfe. Das ist eine Gans.«

»Die hat ja gar keine Federn«, stellte Elfe enttäuscht fest.

»Das ist eine Hund-Gans«, erklärte Jimmie. »Die braucht keine Federn. Die hat ein Fell. Kann unsere Hund-Gans auch bellen Paps?«

»Nein«, sagte mein Vater. »Sie ist auch keine

Hund-Gans, sondern eine Wildgans.« Und dann sagte er noch, dass die Gans ab jetzt bei uns wohnen würde.

Ich war mir da ja noch nicht so sicher, denn Mams reichen eigentlich schon all die anderen Tiere und wir Kinder. Und ich kann euch sagen, Mams hat bei uns in der Familie richtig was zu melden, auch wenn sie immer nackt herumturnt. Aber das habe ich Paps nicht gesagt. Stattdessen habe ich gefragt: »Ist sie krank oder warum hat sie keine Federn an?«

»Sie ist nicht krank«, fiel Jimmie mir ins Wort. »Sie ist eine Hund-Gans. Die sehen so aus.« Dann erklärte Paps, dass die Gans wirklich nicht krank sei, sondern noch ein Kind. Und dass Gänsekinder noch keine Federn hätten.

»Wann bekommt die Hund-Gans Federn?«, wollte Jimmie nun wissen. Paps erklärte uns, dass das noch ein paar Wochen dauern könne.

Plötzlich begann Jimmie, furchtbar zu weinen. »Warum hast du uns eine Gans gekauft und kein Krokodil?«, schluchzte Jimmie. »Oder wenigstens einen Hund? Eine Gans ist doch doof!«

»Jetzt hör mal auf zu weinen.« Paps nahm Jimmie auf den Arm und sagte mit seiner beruhigenden leisen Vaterstimme, die nur er hat: »Ich habe diese Gans nicht gekauft. Ich habe sie gefunden. Sie ist ein Waisenkind.«

Jimmie hatte natürlich keine Ahnung, was ein Waisenkind ist. Aber er fragte auch nicht nach. Später, als wir beim Abendessen saßen, erklärte er Mams, dass unsere Gans ein »Weizenkind« sei. Ist er nicht süß?

Als wir noch so bei der Kiste standen, erklärte Paps, dass die junge Gans auf einem Bahnübergang gesessen habe und dass er sie beinahe überfahren hätte. »Im letzten Augenblick konnte ich noch bremsen. Sonst wäre ich mit dem Auto darübergerollt. Ich habe angehalten, bin ausgestiegen und habe nach der Mutter geschaut. Aber da war nirgends eine. Da bin ich das Bahngleis ein Stück entlanggelaufen und dann habe ich die Mutter gefunden.«

»Und warum hast du der Mutter von der Gans nicht gesagt, dass sie besser auf ihr Kind aufpassen muss, wenn sie nicht Besuch vom Jugendamt will?«, fragte Elfe, die Bockwurst. Ich glaube, sie kennt das Wort »Jugendamt« aus dem Fernsehen.

Jedenfalls druckste Paps jetzt auf einmal herum. »Nun, wie soll ich sagen«, stammelte er und sah uns traurig an. »Die Gänsemutter habe ich dann schon gefunden, aber …« Er fuhr sich mit der Hand durch sein dunkelbraunes Haar.

»Aber?«, fragte ich streng und fühlte mich dabei fast wie Mams, wenn sie findet, dass wir mal wieder unsere Schuhe vom Eingang weg in den Schuhschrank räumen sollen.

»Aber die Mutter lag da auf dem Gleis …« Paps machte schon wieder eine viel zu lange Pause. »Ich glaube, die hat ein Zug überfahren. Das sah nicht schön aus.«

Sofort fing Elfe an zu weinen. Jimmie aber fragte, ob Paps die Teile von der Mutter mitgebracht habe, vielleicht könne man aus denen noch etwas zusammenkleben. Jimmie klebt sehr gerne alles Mögliche zusammen. Aber Paps sagte Nein.

»Dann muss die Waisengans jetzt bei uns wohnen«, entschied ich und Elfe hörte sofort auf zu weinen. Nur Jimmie war noch nicht zufrieden.

»Ich hätte lieber ein Krokodil«, sagte er und es klang, als hätte er jetzt wirklich schlechte Laune.

»Darf sie bei uns schlafen?«, fragte Elfe. »In unserem Kinderzimmer?«

»Pfui Teufel«, entfuhr es mir. »Die kackt doch alles voll.«

»Eine Wildgans ist ein wildes Tier«, erklärte Meister Kühnlein, der die ganze Zeit schweigend dabeigestanden hatte und jetzt mit seinen dicken Hausmeisterfingern zärtlich die Gans am Kopfflaum streichelte. »Die kann nicht in einem Wohnhaus für Menschen leben.«

»Aber draußen bleiben kann sie auch nicht«, meinte Paps.

»Ein Krokodil!«, jammerte Jimmie. Mein sehr kleiner Bruder kann manchmal echt nerven.

Paps meinte, dass die Gans auch nicht draußen bleiben könne, wegen dem Fuchs, der jeden Abend bei uns durchs Dorf schleicht. Die Hühner von Tante Amelie hat er auch schon zweimal besucht. Und die sind jetzt Engel, genau wie meine Großmama.

»Ich baue ihr gleich mal einen kleinen Stall, den ihr an

die Hauswand stellen könnt«, sagte Meister Kühnlein. Irgendwie hatte ich es schon geahnt. Das ist immer so mit Meister Kühnlein: Man hat noch gar nicht gesagt, was man brauchen könnte, und schon hat er es fertig. Weißt du, er ist sehr fleißig, unser Meister Kühnlein.

Am Abend, als es dämmerte und die Fuchsuhrzeit losstickte, saß unsere Gans bereits in ihrem neuen Stall. Den Boden hatten wir mit Stroh bedeckt und ich hatte ihr ein altes T-Shirt von Paps gegeben, damit sie was zum Kuscheln hat. Für die Nacht stellten wir ihr noch eine Schale mit Wasser und eine andere mit gekochten und gehackten Eiern in ihr neues Zuhause. Dann setzten wir uns vor den Stall und beobachteten unsere neue Gans. Wir wollten sehen, ob sie unser Essen annimmt. Aber die Gans hat einfach nur zurückgeschaut.

»Das ist für dich«, hat Jimmie geflüstert und dann sind wir erschrocken, weil es von der Straße hinter dem Gartenzaun plötzlich schrecklich geknallt hat: »Peng, peng, peng!«

Sofort sind wir aufgesprungen und haben uns umgesehen, aber weit und breit war niemand. Elfe schlich vorsichtig zum Zaun – und genau in dem Moment, als sie dort war, schossen ein Kopf hoch und dann der Rest von einem Jungen. In seinen Händen hielt er eine riesige Wasserpistole, die ziemlich echt aussah. Ich war mir sicher, dass das keine echte Pistole war. Aber es war trotzdem gruselig, denn der Junge zielte damit auf Elfe und rief: »Hände hoch, Erdling, oder ich schieße!«

Wir haben natürlich gleich gewusst, wer der Junge ist: der bescheuerte Moritz aus unserem Dorf. Wir nennen ihn so, weil er wirklich total bescheuert ist. Der spritzt mit seiner Maschinenwasserpistole an der Badestelle nicht nur anderen Kindern in die Augen, sondern sogar Erwachsenen und völlig fremden Urlaubern.

Die Maschinenwasserpistole hat ihm sein Vater geschenkt. Der hat ein Rennauto und ist angeblich »ein Bankoberchef«, wie der Moritz sagt. Elfe wusste bestimmt schon, was jetzt kommt. Deshalb ist sie schnell wieder zurück zu uns gerannt. Aber der bescheuerte Moritz hat sie trotzdem erwischt und Elfe hat »Hilfe, Hilfe!« geschrien. Weil das Gespritze bestimmt total gepikst hat!

Als sie bei uns war, habe ich mich vor meine kleine Schwester gestellt. »Hau ab, Moritz!«, hab ich gerufen. Aber denkst du, der ist abgehauen? Pustekuchen. Der hat nur wieder »Peng, peng, peng!« geschrien und auf uns gezielt.

Da ist Mams aus dem Haus gekommen. Sie hatte nur Unterwäsche an, total peinlich. Aber wir haben trotzdem gehofft, dass sie den bescheuerten Moritz vertreibt oder wenigstens schimpft.

Aber sie hat nur gefragt: »Was ist denn hier los, Kinder?« Und als sie den bescheuerten Moritz gesehen hat, war sie ganz freundlich: »Grüß dich, Moritz. Das ist aber schön, dass du auch mal wieder da bist.«

Zuerst war ich ziemlich enttäuscht von Mams. Aber

dann hat sich der bescheuerte Moritz hinter dem Zaun versteckt und nichts mehr gesagt. Kurz darauf haben wir noch mal ein »Peng, peng, peng!« gehört, doch das war schon viel weiter weg.

»Mams, der bescheuerte Moritz hat auf Elfe geschossen!« An Jimmies Stimme habe ich gehört, dass er richtig aufgeregt war.

Aber jetzt hör mal, was Mams geantwortet hat: »Kinder, ihr müsst freundlich zu Moritz sein, dann spritzt er euch auch nicht nass. Ich würde mich so freuen, wenn ihr ihn auch mal mitspielen lassen würdet.«

Ich wollte Mams gerade erklären, dass das gar nicht geht, weil der bescheuerte Moritz immer nur Krieg spielen will. Aber genau in dem Moment ist wer gekommen, der viel wichtiger ist als tausend bescheuerte Moritze: Und das war der liebe Franzi. Du weißt schon, der Sohn vom Brezlinger-Bauern, der die guten Cowboygeschichten erzählen kann.

»Schau mal, Franzi, das ist unsere neue Gans«, hat Elfe sofort stolz berichtet.

»Ah, eure neue Gans«, meinte Franzi, aber er klang nicht sehr interessiert. Er wollte schon wieder gehen, da fragte Jimmie: »Franzi, erzählst du unserer Weizengans eine Gutenachtgeschichte?«

»Ich muss eigentlich noch in den Stall«, brummelte Franzi. Aber weil er das Geschichtenerzählen ungefähr genauso gerne mag wie die Kühe, die er melken muss, hat er dann doch noch schnell eine für uns erfunden. Und die ging so:

6. Kapitel

in dem Franzi uns die Geschichte von der Cowboygans Petra Klabauterkatze Zimtschneckensau erzählt

»Es war einmal eine Gans, die hieß Petra Klabauterkatze Zimtschneckensau«, erzählte Franzi.
Meine Geschwister und ich kicherten.

»Jeder, der von diesem Namen gehört hat, fand, dass dies kein guter Gänsenamen sei. Aber Petra Klabauterkatze Zimtschneckensau hieß eben so. Sie war von Beruf Cowboygans. Jeden Tag stieg sie erst in ihre Cowboystiefel und dann auf ihr Pferd und trieb so die Rinder von Arizona nach Afrika.«

»Das geht ja gar nicht«, warf Elfe ein. »Zwischen Arizona und Afrika liegt doch ein Meer.«

Aber Franzi machte nur »pscht« und erzählte weiter: »Eines Tages, es war im Morgengrauen, hörte Petra Klabauterkatze Zimtschneckensau ein komisches Geräusch. Es kam aus der Richtung eines Kaktus, auf dem zweitausendsiebenhundertfünfunddreißig Stacheln klebten. Viele wissen das ja nicht, aber die Stacheln von den Kakteen in der Wüste werden von den Indianern draufgeklebt.

Petra Klabauterkatze Zimtschneckensau warf einen Cowboyblick in Richtung des Kaktus. Aber das Geräusch hörte nicht auf. Es war ein verdächtiges Klicken und Schnicken. Kam es von einem Kopfgeldjäger, der mit seinem Revolver herumspielte? Oder von einem Bankräuber, der seine Pistolenkugeln zählte? Auf jeden Fall war das Klicken und Schnicken sehr, sehr unheimlich.

Langsam glitt Petra Klabauterkatze Zimtschneckensau

von ihrem Pferd herunter und robbte eidechsenartig in Richtung des Kaktus. Je näher sie ihm kam, umso lauter und unheimlicher wurde das Klicken und Schnicken. Wahrscheinlich ein Bankräuber wie Rudi Rodeoballermann, dachte sich unsere scharfsinnige Anschleicherin. Nur zur Sicherheit tastete sie nach ihrem Revolver, der unter ihrem Cowboyhut versteckt war, weil man an einem Gänsekörper so schlecht einen Pistolengurt festmachen kann. Petra Klabauterkatze Zimtschneckensau zog den Revolver unter dem Hut hervor, entsicherte ihn, sprang um den Kaktus herum und rief: ›Hände hoch oder ich schieße!‹

Doch auf der anderen Seite des Kaktus saß kein Bankräuber, sondern ein Tiger! Der riss den Kopf hoch und starrte die Cowboygans an. Sofort starrte Petra Klabauterkatze Zimtschneckensau zurück. Spannung lag in der Luft. Am Himmel versammelten sich bereits einige Aasgeier und summten leise und fröhlich Aasgeierlieder, was natürlich gemein war. Aber wie merkwürdig – der Tiger schaute gar nicht böse. Er sah vielmehr aus, als bräuchte er Hilfe.«

Während Franzi eine kurze Pause machte, um sich die Nase zu schnäuzen, schaute ich auf meine Armbanduhr

und bekam einen Schreck: Es war schon Viertel vor acht!
»Franzi«, sagte ich vorsichtig. »Wir müssen jetzt ins Bett, sonst schimpft Mams.«

»Gut«, meinte Franzi.

»Aber wie ging die Geschichte aus?«, rief Jimmie. »Wurde die Gans gefressen?«

»Nein, die Gans überlebte«, erklärte unser Geschichtenerzähler.

»Aber warum?«, wollte Jimmie wissen.

»Weil ihr ins Bett müsst«, sagte Franzi. »Und ich in den Stall.«

»Nein!«, riefen meine kleinen Geschwister im Chor.

»Doch!«, rief ich so laut zurück, dass unsere kleine Gans vor Schreck zusammenzuckte.

»Ach Mann, Juni!«, bettelte Elfe. »Nur noch ein bisschen!«

»Franzi, woher kam das Klicken und Schnicken?«

»Das kam von den Goldstücken, die der Tiger zu zählen versuchte«, sagte Franzi.

»Und warum brauchte er da die Hilfe von der Zimtsau Petra?«, fragte Jimmie. Er ist wirklich neugierig.

»Weil Tiger nur bis elf zählen können, deshalb«, sagte Franzi. »Er hatte aber zehntausend Goldstücke erbeutet.«

Ich nickte, und als ich später im Bett lag, nahm ich mir

fest vor, dass wir morgen einen Namen für die Gans finden mussten. Denn wer bei uns wohnt, braucht einen Namen. Sogar unser Auto hat einen. Es heißt Tante Krause.

7. Kapitel

in dem wir einen Detektivtrick anwenden, um den gemeinen Halfterdieb zu fangen

Kennst du das: Wenn du abends mit einer Idee im Kopf einschläfst, zum Beispiel dass du für deine Gans einen Namen suchen willst. Aber am nächsten Morgen ist alles anders, weil plötzlich ganz viele andere Sachen passieren? Bei mir war das am nächsten Tag genau so.
Zuerst musste ich in die Schule. Meistens gehe ich da gerne hin, weil fast immer irgendetwas Komisches passiert. An diesem Tag sagte zum Beispiel der Finn aus meiner Klasse zu unserer Lehrerin Frau Schröcksnagel aus Versehen »Oma«. Da haben wir alle sehr gelacht. Frau Schröcksnagel übrigens auch, obwohl sie noch gar keine Oma ist.

Als ich dann endlich zu Hause war, musste ich Hausaufgaben machen. Und dann hat mich Mams gleich in den Stall zu Pony Johnny geschickt.

Eigentlich gehe ich immer total gerne zu Johnny, aber heute hatte ich Angst, alleine in den Stall zu gehen. Was, wenn der Halfterverbrecher wieder da war? Aber mal ehrlich: Kann man als große Schwester seine viel kleinere Schwester fragen, ob sie mitkommt in einen unheimlichen Stall, weil man selber ein bisschen zu viel Angst und ein bisschen zu wenig Mut hat?

Doch heute musste mein Glückstag sein, denn plötzlich standen Josefa und Rudi vor der Tür. Und so konnten wir zusammen zu unserem unheimlichen Stall gehen. Elfe und Jimmie wollten natürlich auch mit. Und das war gut, denn wenn man zu mehreren etwas Unheimliches macht, verteilt sich die Angst auf mehrere Bäuche und ist weniger schlimm.

Wir sind also sofort losgelaufen zum Pickl-Hof und um den Hof herum zur Weide. Der Wind hat richtig gruselig durch die Blätter der alten Buche gepustet, und als wir an der Weide waren, ist mir vor lauter Mulm fast mein Herz verrutscht: Stell dir vor, Pony Johnny hatte kein Halfter um. Albatros, Bella und Alpenrose schon, nur Johnny nicht! Schnell wie Mondraketen sind wir über die Weide geflitzt, um nach seinem Halfter zu suchen. Aber wir haben nichts gefunden. Kein Halfter, nicht einmal ein kleines Stück. Der gemeine Halfterverbrecher war also noch gemeiner geworden: Diesmal hatte er das Halfter nicht nur kaputt gemacht, sondern entführt! Mann, war ich aufgeregt. Ungefähr so aufgeregt wie ein Ameisenhaufen, auf den gerade jemand draufgepinkelt hat.

Was sollten wir tun? Elfe hat vorgeschlagen, dass wir nach Fußabdrücken suchen könnten. Wir haben alle die Augen so cowboymäßig eng zusammengeklemmt und auf den Boden geschaut. Aber das war gar nicht so einfach. Denn auf unserer Pferdeweide wächst ziemlich viel Gras, und da die Spur von einem Verbrecher zu finden, ist sehr schwierig. Aber dann haben wir doch noch eine Spur gefunden. Und zwar an der Stelle, an der unsere Pferde sich an warmen Tagen immer in den Schatten stellen. Dort wächst kein Gras mehr, sondern nur dunkler Erdmatsch. Mitten in dem Matsch war der Abdruck von einem einzelnen Fuß. Ganz klar ein Menschenfuß. Vermutlich ein Turnschuhfuß.

»Das müssen wir dokumentieren!«, sagte ich mit leiser Detektivstimme.

»Was heißt ›mokudentieren‹?«, fragte mein kleiner Bruder.

»Festhalten«, sagte ich.

»Wie soll man denn so eine Spur im Matsch festhalten?«, fragte Elfe und hatte schon wieder ihre saublöde Bocki-Bockwurst-Stimme, die sie immer bekommt, wenn sie mich ärgern will. Aber bevor ich mich ärgern konnte, spürte ich an meiner Schulter plötzlich einen Stupser. Da bin ich vielleicht erschrocken. Zum Glück war es nur Albatros, der ist so neugierig, der liebe Große.

»Mit Festhalten meine ich zum Beispiel fotografieren«, erklärte ich Elfe und den anderen.

»Okay, mache ich!«, sagte meine Schwester so superschnell, dass mir die Spucke wegblieb. Und im Wegrennen rief sie noch: »Ich hole den Fotoapparat!«

Mams sagt immer, Elfe sei unser Technikkind. Sie konnte noch gar nicht richtig sprechen, da hat sie angeblich schon immer am Fernseher, an Mamsens Handy und an unserem Computer herumgedrückt und -gefummelt. Und so ist das geblieben. Wenn wer in der Familie nicht weiß, wie was am Computer funktioniert – Elfe findet es heraus. Und fotografieren gehört natürlich auch dazu, weil ein Fotoapparat auch Knöpfe hat. Ich glaube, Elfe mag einfach gerne Knöpfe.

Es dauerte keine fünf Minuten und sie war zurück – mit Papsens kleiner Kamera – und fotografierte gleich wild drauflos. Und das war gut. Denn mittlerweile waren auch Johnny, Alpenrose und Bella neugierig geworden und zu uns gekommen. Alle vier Pferde wollten sich genau da hinstellen, wo der Fußabdruck von dem Verbrecher war. Jimmie, Josefa, Rudi und ich versuchten, sie

wegzuschieben. Aber die Tiere sind viel zu schwer, um sie einfach so schieben zu können. Irgendwann standen sie alle im Matsch und latschten auf dem Fußabdruck herum. Jetzt konnte man echt nichts mehr erkennen.

»Hast du den Abdruck im Kasten?«, fragte ich Elfe.

»Wie, im Kasten?«, fragte Elfe. »Meinst du den Fotoapparat?«

»Oh Mann!«, seufzte ich. »Das sagt man doch nur so – Detektivsprache! ›Im Kasten‹ heißt, dass man etwas gesichert hat.«

Wie sich abends herausstellte, hatte Elfe den

Fußabdruck gesichert. Da haben wir alle Fotos auf unserem Familiencomputer gespeichert und ein richtig großes und fettes Bild von dem Fußabdruck ausgedruckt. Doch vorher mussten wir noch etwas anderes erledigen. Das Halfter war schließlich immer noch verschwunden.

»Vielleicht hat der gemeine Halfterdieb das Halfter in den Stall geworfen«, habe ich überlegt und Rudi hat genickt.

»Dann müssen wir dort auch suchen.« Wir sind sofort losgelaufen, aber alles Gesuche war umsonst. Sogar im Heu haben wir gesucht. Dort haben wir dann kurz vergessen, dass wir die besten Detektive der Welt sind, und eine Heuschlacht gemacht und danach noch ein Wettspringen: Wer sich traut, am tiefsten runterzuspringen. Zum Glück kann ich das ziemlich gut. Während wir so durch die Luft geflogen sind, ist mir endlich wieder unsere kleine Waisengans ohne Namen eingefallen.

8. Kapitel

in dem wir mit der Doppelwurst schaukeln, ein Eis schlecken und auf einen sehr Verdächtigen stoßen

Ich kann nicht sagen, ob unsere Gans sich gefreut hat, als wir wenig später alle zu ihr gerannt sind. Weil Gänse kein richtiges Gesicht haben, ist es schwierig herauszufinden, ob sie fröhlich sind. Jedenfalls watschelte sie um die Füße von unserem Paps herum, wovon der aber nicht viel gemerkt hat. Es sah aus, als würde er gerade in seinem Kopf an einem ziemlich großen Bild arbeiten. Die Gans ist einfach so um Papsens Beine im Garten herumgewuselt. Das war süß. Aber irgendwie war gerade nicht der richtige Zeitpunkt, um unserer Gans einen Namen zu geben, deshalb sind wir in die Küche und haben uns Butterbrote gemacht. So Detektivarbeit macht ja hungrig. Weil es viel zu langweilig war, drinnen zu essen, haben wir die Brote mit auf unsere Schaukelwiese genommen. Erst durfte Jimmie schaukeln, dann Elfe, dann Josefa, dann der Rudi und als Letzte ich. Obwohl ich sonst total gerne schaukle, fand ich es heute schon nach dem dritten Hin und Her langweilig. Aber Meister Kühnlein sagt immer, das Gute am Schaukeln ist, dass es die Gedanken durchschüttelt und man so auf Ideen kommt, die man sonst nicht hätte. Und da hat der Meister Kühnlein mal wieder recht. »Wir müssen das Schaukeln verbessern«, rief ich und wusste auch schon, wie.

Nur ein paar Minuten später baumelte ein Apfel, den ich an eine Schnur gebunden hatte, von einem ziemlich hohen Ast des Schaukelbaums herunter. Elfe und Jimmie schauten mich mit großen Augen an. Sie hatten keine Ahnung, was das alles sollte, und das fand ich schön.

»So, Jimmie, jetzt schaukel du und versuch, in den Apfel zu beißen«, klärte ich meinen kleinen Bruder schließlich auf.

Natürlich hatte ich den Apfel so aufgehängt, dass man ziemlich wild schaukeln musste, um ihn zu erreichen. Sonst wäre das ja ein total langweiliges Spiel gewesen.

Obwohl wir ihn wild anfeuerten, schaffte Jimmie es nicht mal in die Nähe des Apfels. Er hatte bald keine Lust mehr und dann war Elfe an der Reihe. Die schaukelte ziemlich wild und kam sogar mit ihrem Gesicht an den Apfel heran. Aber statt mit ihren Zähnen hineinzubeißen, köpfte sie den Ball nur aus der Schlaufe. Auch Rudi und Josefa gelang es nicht, den Apfel zu erwischen.

»Ihr könnt das nicht!«, rief ich etwas empört. Schließlich hatte ich das Spiel extra für sie erfunden! Deshalb setzte ich mich selbst auf die Schaukel und schaukelte so wild, dass der ganze Baum wackelte. Und ich sage dir, das ist ein alter und großer Baum. Aber ich habe Kraft und ich schaukelte wirklich sehr, sehr wild. Und tatsächlich: Nach ein paar wilden Schaukelungen gelang es mir, mit dem Mund an den Apfel zu kommen. Aber – so ein Mist – auch mir fiel er herunter.

»Siehst du«, rief Elfe, »kannst es ja selber nicht.«

Ich versuchte es noch mindestens zehnmal. Aber statt den Apfel zu erwischen, bekam ich von dem wilden Schaukeln nur einen ganz roten Kopf. Elfe, Jimmie, Josefa und Rudi saßen in der Wiese und lachten. Ich war ihnen gar nicht böse, denn ich glaube, sie lachten nur, weil sie es toll fanden, wie wild ich war. Trotzdem war ich am Ende sauer. Nicht auf meine Geschwister und Freunde, aber auf den Apfel. Es gibt wirklich sehr blöde Äpfel bei uns im Dorf!

Aber ich habe mich gar nicht lange geärgert, denn ich saß ja auf der Schaukel, die einem einfach so Ideen schenkt – und schon hatte ich eine. Also hüpfte ich mit einem großen Schaukelsprung von der Schaukel runter und rief: »Kommt, wir gehen zum Kramer, ich habe eine Idee!«

Weil ich bereits am Rennen war, hörte ich fast nicht, wie Elfe wenig begeistert sagte: »Na toll, schon wieder 'ne Idee.«

Der Laden des Kramers liegt nur fünfzig Meter von unserem Bauernhof entfernt. Man kann dort alles kaufen. Und wenn ich sage alles dann meine ich auch alles: Gummibärchen und Brausebonbons, Chips und Salzstangen, Cola und Zitronenlimonade, aber auch vernünftige Dinge wie Brot, Kloputzzeug, den Honig vom Bienen-Franz, Klebstoff, Salami, Salat und Zahnpasta. Der dicke Gerstenbauer kauft sich dort auch manchmal eine Flasche Bier und mit der sitzt er dann auf der Bank vor dem Laden und lacht jeden, der vorbeikommt, fröhlich an. Unser Kramerladen ist sehr klein, aber es gibt darin einfach alles. Ich weiß gar nicht, warum es große Läden oder Supermärkte geben muss, wo man doch in so einem kleinen Laden auch schon alles kaufen kann und es viel gemütlicher ist.

Kurz bevor ich den Kramerladen erreicht hatte, verlangsamte ich mein Tempo, damit die anderen aufholen konnten.

»Kaufen wir ein Eis?«, keuchte Jimmie. Er war natürlich schon wieder hungrig, denn er hatte sein Butterbrot nur angebissen.

»Wir können doch jetzt kein Eis kaufen!«, meinte ich, obwohl ich schon auch Lust auf Eis hatte. Aber ich bin ja die Große und muss vernünftig sein. Manchmal jedenfalls. Außerdem hatte ich ja diese gute Idee.

Als wir im Laden standen, sagte ich den anderen, sie sollten sich kurz die Ohren zuhalten und wegschauen. Dann kaufte ich was Geheimes bei Hanne. Und als

wir draußen waren, staunten meine Geschwister nicht schlecht.

»Würste?«, schrie Elfe so laut, dass auch der bescheuerte Moritz, der auf der anderen Straßenseite mit seinem sehr echt aussehenden Gewehr stand, neugierig wurde und zu uns kam. Obwohl Mams gesagt hatte, dass wir mit ihm spielen sollen, tat ich so, als würde ich ihn nicht sehen. Denn bei der Spiel-Idee, die ich hatte, waren Waffen überflüssig. Außerdem konnte es ja auch wirklich sein, dass ich ihn nicht sah, oder?

Elfe hatte jedenfalls ganz richtig gesehen: Ich hatte zwei dicke Würste gekauft, die durch einen Wurstzipfel miteinander verbunden waren. Sie hatten die Farbe von Wiener Würstchen, waren aber keine. Keine Ahnung, wie die Dinger heißen. Vielleicht lustige Mopswürste.

»Und was machen wir jetzt?«, wollte Rudi wissen. Aber das verriet ich noch nicht. »Wer als Erster beim Apfelbaum ist«, rief ich stattdessen und wir rannten wieder los. Den bescheuerten Moritz haben wir mit seinem Wasserpistolengewehr einfach stehen gelassen. Kann sein, dass er noch hinter uns hergerannt kam.

Aber das war uns egal. Wir waren schon wieder auf der Schaukelwiese und spielten das gleiche Spiel wie vorhin mit dem Apfel. Nur hing dieses Mal die dicke

Doppelwurst an der Schnur. Und ich sage dir, das war wirklich sehr großspaßig. Denn die Würste fielen nicht herunter und es war auch ganz schön schwierig, nach ihnen zu schnappen. Aber manchmal gelang es einem von uns reinzubeißen und das war jedes Mal knallgut.

Während wir spielten, bekamen wir plötzlich Besuch.

Und jetzt rate mal, von wem! Von unserer Gans. Wir hatten gar nicht gemerkt, dass sie über die Straße gewatschelt und zu uns gekommen war. Anscheinend mochte sie uns. Vielleicht hatte sie aber auch nur den Apfel gerochen, der noch von unserem ersten Spiel in der Wiese lag. Denn an dem knabberte sie jetzt ganz eifrig herum. Ich beschloss, mir zu merken, dass Gänse Äpfel mögen. Denn das ist doch eine wichtige und interessante Information, wenn man eine Gans hat, die bei einem wohnt.

Aber dann wurde es noch besser. Denn plötzlich begann unsere Gans zu schnattern!

Wir hörten sofort auf zu schaukeln – ich hatte sowieso keine Lust mehr auf Wurst mit Spucke – und ich rief: »Ja sag mal, du kannst ja schon schnattern!« Ich war wirklich sehr begeistert, weißt du, so wie wenn man nicht nur im Bauch begeistert ist, sondern überall, auch an den Armen und Beinen und am Po.

Aber Elfe meinte: »Wieso sollte sie denn nicht schnattern können? Ist doch 'ne Gans.«

»Elfe!«, antwortete ich streng. »Fliegen kann sie ja auch noch nicht. Da ist es doch wohl nicht selbstverständlich, dass sie schnattern kann! Jimmie hat auch erst laufen und dann sprechen gelernt.«

Ich glaube, Elfe wollte dann noch irgendetwas Mauliges

sagen, aber da schnatterte die kleine Gans schon wieder. Wie süß sie dabei aussah, mit ihrem flauschig weichen Fell!

»Komm, ich nehm dich auf den Arm«, sagte Elfe mit plötzlich total zarter Gänsestimme.

»Lass mal, Elfe«, sagte ich und versuchte dabei, nicht zu stark befehlig zu klingen, ich weiß ja, dass Elfe das nicht leiden kann. »Wir können ja mal ausprobieren, ob sie mit uns spazieren geht. Das wäre doch lustig.«

»Au ja!«, rief Rudi. »Wie unsere Minka.« Du musst wissen, dass die Katze von den Haselsteinern manchmal mit Josefa und Rudi im Dorf spazieren geht. Das ist doch echt nicht normal für eine Katze. Ich glaube ja, dass die Minka spinnt.

Wie es aussah, fand die Bockwurst-Elfe meine Idee gar nicht so blöd, jedenfalls ließ sie die Finger von unserer Waisengans, stand auf und wir gingen langsam von der Apfelbaumwiese runter auf den Gehsteig und in Richtung Kirche.

»Komm, Gänschen, komm«, sagte Elfe und ich zweifelte daran, dass die Gans das verstehen würde. Aber ich schwieg und hoffte. Hoffen hilft schließlich auch manchmal. Das sagt jedenfalls unsere Nachbarin Amelie und die ist schon steinalt, fünfzig oder so, und muss es deswegen ja wohl wissen. Und du glaubst es nicht: Dieses Mal hat es wirklich geholfen! Unsere Gans ist hinter uns hergewatschelt, als wäre es die normalste Sache der Welt.

»Wir müssen ihr beibringen, dass sie sich umgucken muss, wenn sie über die Straße geht«, meinte Josefa. Sie bringt anderen immer ganz gerne was bei, vor allem ihrem Bruder Rudi.

Auf dem Weg trafen wir den dicken Gerstenbauer. Ausnahmsweise war er zu Fuß unterwegs und ächzte laut vor sich hin. Deshalb fragte Elfe, und das fand ich ziemlich frech gegenüber einem so unglaublich dicken Mann: »Wo ist dein Fahrrad, Gerstenbauer?«

Ich schaute lieber nicht, wie der dicke Gerstenbauer auf Elfes Frage reagierte. Aber der sagte nur fröhlich: »Das Radl ist beim Reparieren.«

»Wahrscheinlich ist es zusammengekracht«, flüsterte Elfe mir leise zu und wir mussten ganz furchtbar kichern. Wer jetzt meint, dass der dicke Gerstenbauer böse wurde, täuscht sich übrigens. Nein, er war gar nicht böse, sondern hat ganz freundlich gefragt: »Wollt ihr ein Eis?«

Und da haben Elfe und ich und Josefa und Rudi und sogar Jimmie gleichzeitig »Ja« gesagt. So gleichzeitig, als hätte uns jemand mit einer elektronischen Fernbedienung gesteuert. Im nächsten Augenblick ist mir eingefallen, dass wir bald schon zu Abend essen wollten und dass dann Paps sicher wieder sagen würde, dass man davor nichts Süßes essen darf. Aber streng genommen steht bei einem Eis ja eigentlich nicht das Süße im Vordergrund, sondern mehr das Kalte.

Wir gingen also hinter dem dicken Gerstenbauer her zum Kramerladen. Als er an der untersten der drei Treppenstufen stand, die zur Tür des Geschäfts führten, holte er tief Luft und hob ächzend sein rechtes Bein. Wir hatten sofort Mitleid mit dem dicken Mann und außerdem wollten wir das Eis so schnell wie möglich haben. Deshalb habe ich den anderen ein Zeichen gegeben und wir haben mit unseren acht Händen den Gerstenbauer ordentlich von hinten angeschoben.

»Ja, so, das macht ihr …«, hat er geschnauft, fast wie der alte Traktor vom Brezlinger. Es muss wirklich sehr anstrengend sein, so einen schweren Körper mit sich herumzutragen, wie der Gerstenbauer das tut! Aber dann war er an der Tür und konnte sich ganz selbst und ohne fremde Hilfe hineinschleppen. Im Kramerladen stand plötzlich wieder der bescheuerte Moritz vor uns. Und in der Hand hielt er immer noch seine Spielzeugpistole. Ich drehte mich schnell weg, aber der bescheuerte Moritz fragte: »Was macht ihr?«

»Eis essen!«, rief Josefa und es klang ein bisschen hässlich. Da habe ich gespürt, wie mir von hinten, unten am Rücken so was hochgekribbelt ist. Ich weiß nicht, ob du das kennst. Ich glaube, es ist das schlechte Gewissen, das so kribbelt. Und ich habe an Mams gedacht und an das, was sie gesagt hat. Deshalb nahm ich mir ein sehr

großes Herz und fragte den dicken Gerstenbauer: »Kann der … Moritz auch ein Eis haben?«

Alle um mich herum, Elfe, Jimmie, Rudi, Josefa und sogar Moritz, starten mich an, als hätte ich gerade gezaubert. Aber niemand machte einen Mucks, bis Hanne uns unser Eis gab. Auch der bescheuerte Moritz bekam eines und sah dabei aus wie ein Weihnachtskind. Das fühlte sich irgendwie komisch an. Aber vor allem schön.

Wir bedankten uns alle bei dem dicken Gerstenbauer und der sagte: »Jaja, schon recht, schon recht. Gibt es denn irgendetwas, das Erwachsenen mehr Spaß macht, als Kinder zu verwöhnen?«

Hierauf wussten wir keine schlaue Antwort, nicht einmal Josefa oder meine schlaue Schwester, und so haben wir schnell »Pfiati« gerufen. Das sagt man so bei uns im Dorf, denn wir sind eine »tschüssfreie Zone«, hat der Pickl-Hof-Bauer mir einmal erklärt.

Elfe hat dem Gerstenbauer noch gesagt, dass wir ihm wünschen, dass sein zusammengekrachtes Fahrrad bald wieder fährt. Aber das war ganz leise und ich hoffe, dass er es nicht gehört hat. Sonst bekommen wir vielleicht nie wieder ein Eis von ihm.

Draußen vor der Tür stand unsere Gans und hat auf uns gewartet. Das war ziemlich erstaunlich, denn auf dem Verbotsschild am Eingang unseres Kramerladens ist nur ein Hund abgebildet, keine Gans. Unser neues Haustier hätte also ruhig mit reinkommen können. Der bescheuerte Moritz hat ganz verlegen an seinem Eis herumgeschleckt und schon bald gesagt, dass er heimmuss. Und auch wir sechs sind wieder zurückgewatschelt. Ich muss sagen, dass wir alle mächtig stolz auf unsere Gans waren, dass man mit ihr schon richtig spazieren gehen konnte. Jimmie fand es so großartig, dass er versucht hat, der Gans einen Kuss auf den Schnabel zu geben. Aber ich glaube, unser Gänsekind hatte ein bisschen Angst vor Jimmie. Jedenfalls hat es immer den Kopf zurückgezogen und einen Schritt zurückgemacht, als er versucht hat, es zu küssen. Das war vielleicht lustig!

Wir waren gerade im schönsten Kichern, da – stell dir vor – treffen wir ausgerechnet den schrecklichsten Menschen vom ganzen Dorf: den bösen Fred! Du weißt schon, den Kaminkehrer, der überhaupt kein Glück bringt, sondern nur Pech. Und natürlich hat der böse Fred sofort etwas Gemeines gesagt, als er unsere Wildgans gesehen hat: »Ah, da kommt ja mein Weihnachtsbraten.«

Ja, das hat er gesagt, der blöde Kerl. Aber Elfe hat sich gleich schützend vor unsere kleine Gans gestellt und mein

sehr kleiner Bruder Jimmie hat dem bösen Fred zugerufen: »Das ist unsere Freundin, du Dummer! Ein Weizenkind! Das wohnt jetzt bei uns und wird ganz sicher kein Braten für dich!«

Als der böse Fred endlich weg war, habe ich Elfe und den anderen zugezischelt: »Los, Vaterunser!«

Und dann haben wir alle zusammen das Gebet gemurmelt, wobei ich glaube, dass Elfe eher nicht den richtigen

Gebetstext gesagt hat. Für mich hörte es sich an wie: »Vaterunser mein Pimmel, beleidigt werde kein Lama, dein Teich komme, deine Rille geschehe« und so weiter. Weißt du, die Elfe macht so was absichtlich. Ich hoffe nur, dass uns das nicht noch irgendwann Pech bringt, denn mit dem bösen Fred ist wirklich nicht zu spaßen. Aber wenn der liebe Gott wirklich schon so ein alter Mann mit grauem Bart ist, dann hört er vielleicht auch schlecht und denkt, dass Elfe die richtigen Worte gesagt hat.

Ein bisschen muss unser Gebet schon gebracht haben, denn als wir zu Hause waren, hatte ich plötzlich eine Idee. »Der böse Fred!«, hab ich gesagt und dabei die Augen weit aufgerissen.

»Was ist mit dem?«, hat die Josefa sofort wissen wollen.

»Der böse Fred ist verdächtig«, hab ich erklärt und die anderen haben ganz nachdenklich genickt. Wir haben alle an das gemeine Halfterverbrechen gedacht. Denn wer eine unschuldige Waisengans fressen will, der schreckt ganz sicher auch nicht davor zurück, einem lieben kleinen Pony das Halfter zu klauen.

Wir haben dann beschlossen, dass wir den bösen Fred beobachten werden. Aber natürlich im Flüsterton, damit auch wirklich niemand etwas von unserem Plan mitbekommt. Nicht mal Paps, der gerade mit seiner Staffelei im Garten stand und eine sehr komische Blume gemalt hat, die irgendwie aussah wie Mams.

9. Kapitel

in dem unsere süße Gans schwimmen lernt und ich ihr den schönsten Gänsenamen der Welt gebe

Am nächsten Morgen war ich als Erste wach. Noch im Nachthemd stand ich auf, schlich die Treppen hinunter zur Tür und sperrte auf. Vom See her wehte kühle Luft ins Haus und kitzelte mein Gesicht und meine nackten Beine. Es roch nach feuchter Erde und Gras und Sonne. Und ich fühlte mich ganz wunderbar, wie immer, wenn es nach Sommer und einem neuen Tag voller Abenteuer duftet. Ich trat nach draußen. Auf dem See lagen noch vereinzelt Nebelschwaden, die aussahen wie dicke weiße Kissen. Das Geräusch des Schlüssels in der Haustür musste Jimmie geweckt haben, denn schon hörte ich ihn oben mit seinen kleinen Schritten über die hölzernen Dielen rennen wie einen Trommler. Jimmie und ich sind immer als Erste wach in unserer Familie. Elfe ist genauso eine Schlafmütze wie Mams. Die stehen immer erst später auf und bei Paps kann man nie so genau wissen, wie lange der schläft. Manchmal ist er sehr früh wach und manchmal schläft er noch, weil er angeblich nachts eine Idee hatte, die er sofort auf eine Leinwand pinseln musste.

»Was machst du?«, fragte Jimmie außer Atem und ich musste grinsen. Seine blonden Haare standen so lustig zu allen Seiten ab, dass er aussah wie unser Strohbesen für die Straßenfegerei.

»Ich gehe zur Gans«, flüsterte ich ein bisschen geheimnisvoll. »Willst du mitkommen?«

Jimmie nickte und gemeinsam schlichen wir nach draußen. Das Gras war noch feucht und schleckerte an meinen Zehen. Ich trat auf eine Nacktschnecke, aber das macht mir schon lange nichts mehr aus. Der Bauer Haselsteiner rumpelte mit seinem riesigen Traktor auf der Straße vorbei und winkte uns. Weißt du, bei uns im Dorf wird immerfort gegrüßt. Ich war mal in der Stadt und ich glaube, da ist das nicht so. Da habe ich gesehen, dass manche Menschen sich nicht einmal gegenseitig anschauen. Oder sie schauen durch die anderen Leute hindurch. So geht das bei uns nicht. Auch weil man durch so jemanden wie den dicken Gerstenbauer ja wohl schlecht hindurchsehen kann.

Unsere Wildgans war schon wach. Vorsichtig öffnete ich den Käfig und griff nach ihr. Sie blieb ganz brav und versuchte nicht mal, mich zu zwicken.

»Darf ich sie auch mal nehmen?«, fragte Jimmie, und weil seine Stimme so zärtlich klang, gab ich sie ihm. Aber als er die Watschelfüße auf seinen nackten Armen spürte, bekam er doch Angst und ließ die Gans fallen.

»Jimmie!«, schnaufte ich wütend. Aber für mehr Ärgern war keine Zeit, denn unsere kleine Gans mit dem wuscheligen Fell eilte schon in Richtung See. Schnell rannten wir ihr hinterher. Immer wieder bückte ich mich und versuchte, sie zu greifen, aber jedes Mal, wenn ich sie fast hatte, machte sie einen Hopser aus meinen Händen heraus. Dann, als wir ungefähr nur noch acht Schritte vom See weg waren, erwischte ich sie doch und nahm sie auf den Arm.

»Du freches Ding, du!«, sagte ich und strich der Gans zärtlich mit dem Zeigefinger und dem Mittelfinger über den zierlichen flaumigen Kopf. »Du kannst doch wahrscheinlich noch gar nicht schwimmen!«

»Kann sie nicht schwimmen?«, fragte Jimmie und auch er tätschelte sie jetzt vorsichtig.

»Ich weiß es nicht«, gestand ich. Es bringt ja nichts, seinen Bruder anzuschwindeln, auch wenn er noch ziemlich klein ist.

Aber da kam mir eine feine Idee. »Komm«, sagte ich. »Das probieren wir aus.« Und schneller als der Wind hüpften wir mit der Gans zum See. Dort setzten wir sie ans Ufer.

»Meinst du wirklich, wir sollen das versuchen?« Mein kleiner Bruder klang ein bisschen ängstlich. »Wenn sie untergeht? Dann ist sie tot!«

Ich wusste, gleich würde Jimmie losheulen. Deshalb sagte ich mit meiner mutvollsten Stimme: »Ach Quatsch, ich zeig ihr, wie das geht. Schwimmen lernen kann doch jeder.«

Ohne weiter darüber nachzudenken, bin ich einfach mit in den See gehüpft. Das morgenfrische Wasser durchweichte den Stoff von meinem Nachthemd sofort und kitzelte und prickelte an meiner Haut, es war ein bisschen kalt, aber auch schön.

»So, jetzt komm rein, du kleines Gänslein«, sagte ich mit meiner lockigsten Stimme und – tatsächlich – das Gänslein wackelte zum Wasser und steckte den Schnabel hinein.

»Sie trinkt! Juni, sie trinkt!«, rief mein kleiner Bruder begeistert. Aber was danach geschah, war noch toller: Die kleine Gans watschelte mir nach ins Wasser und plötzlich – ja ist das denn die Möglichkeit? – schwamm sie!

Jimmie und mir blieben vor lauter Staunen die Münder offen stehen. Die kleine Gans schwamm zu mir und stupste gegen mein Nachthemd, das nass an meinem Bauch klebte. Meine Freude war so groß, dass ich sie hochnahm und auf den Schnabel küsste. Jimmie applaudierte und wir waren alle drei sehr stolz. Als es genug war mit Stolzsein und Zeit fürs Frühstück, sagte ich: »Komm, wir tragen sie zurück.«

Mams, Paps und Elfe staunten sehr, als sie eine Ewigkeit später aufgewacht waren und wir ihnen endlich erzählen konnten, dass unser Gänschen schwimmen gelernt hat. Elfe war ein bisschen sauer, weil sie nicht dabei gewesen war, aber da konnte ich doch jetzt wohl wirklich nichts dafür, wenn die immer so lange pennt!

Jimmie und ich hätten die Gans am liebsten mit an den Frühstückstisch genommen, doch Paps fand das nicht gut. Er sagte, das sei unhygienisch, und ich glaube, er meinte damit, dass die Gans schmutzig ist. Dabei stimmte das gar nicht, denn sie war ja noch praktisch ganz neu. Und neue Sachen sind nie schmutzig.

Als wir alle gemeinsam beim Frühstück saßen, kam ich endlich dazu zu sagen, was mir schon lange auf der Seele lag: »Unsere Gans braucht einen Namen.« Alle außer Mams nickten. Ich glaube, sie hat noch ein bisschen geschlafen, obwohl schon so viel Aufregendes passiert war. Jedenfalls nippte sie nur mit Schlafaugen im Gesicht an ihrer Kaffeetasse.

»Gut, dann müssen wir jetzt einen Namen aussuchen«, entschied Paps. »Wer hat denn einen Vorschlag?«

»Iiiich«, riefen wir alle, außer Mams natürlich.

»Mmh. So geht das nicht«, meinte Paps. »Wir haben ja nur eine Gans. Da können wir nicht drei Namen gebrauchen.«

»Wir nehmen natürlich meinen«, sagte ich. Denn ich war mir sicher, dass meiner der schönste war. Und außerdem war es schließlich auch meine Idee gewesen, der Gans einen Namen zu geben.«

»Nein, nein«, sagte Paps, »es muss schon demokratisch zugehen.«

Ich glaube, dass Jimmie und Elfe keine Ahnung hatten, wie das gehen sollte. Aber auch ich hielt es für keine so gute Idee, denn mein Name für die Gans war garantiert der schönste.

»Nehmen wir doch einfach meinen Namen!«, rief ich, aber Elfe hatte etwas dagegen.

»Nein!«, rief sie zurück und schaute mich ganz schön böse an. »Du willst immer nur, dass wir alles so machen, wie du es willst!«

»Jetzt mal ganz ruhig«, sagte Paps. »Es muss gerecht zugehen. Dazu nehmen wir ein Blatt Papier, schneiden es in fünf Zettel und jeder darf seinen Namen draufschreiben. Und dann faltet jeder seinen Zettel zusammen und legt ihn in meinen Strohhut – und Jimmie darf einen Zettel ziehen …«

»Das ist ja voll fies«, meinte Elfe hierauf patzig. »Der zieht ja dann sowieso nur den Zettel, den er selber beschrieben hat.«

»Lassen wir doch die Gans einen Zettel aus dem Hut ziehen!«, rief Mams ihre ersten Worte für diesen Tag. Wenn das passiert, ist es immer ein Zeichen dafür, dass sie im Laufe der nächsten dreißig oder hundert Minuten wach sein wird.

Wir fanden Mamsens Vorschlag alle gut und schon bald

hatte jeder einen Zettel und einen Stift in der Hand. Ich verzog mich mit meinem Zettel in mein Zimmer, denn ich weiß, dass Elfe ganz schön gerne bei mir abschreibt. Und den Namen für die Gans wollte ich schließlich ganz alleine bestimmen.

Nach ein paar Minuten rief Paps, ob wir fertig seien, und wir trafen uns unten im Garten bei unserer Waisengans. Sie saß in ihrem Käfigstall und guckte neugierig zu, wie wir unsere Zettel zusammenfalteten und in den Hut legten. Dann holte Paps die Gans vorsichtig aus ihrem kleinen Stall und Elfe hielt ihr den Hut entgegen. Aber unsere Gans interessierte das gar nicht. Sie legte nur ihren Kopf auf Paps Handgelenk ab, so als wollte sie mit ihm schmusen. Richtig süß sah das aus.

»Ich glaube, sie will gar keinen Namen«, meinte Paps.

»Die kann ja auch noch gar nicht lesen«, rief Jimmie und war dabei stolz wie ein Gockelhahn, denn er konnte es ja schon.

»Vielleicht weiß sie gar nicht, was ein Name ist«, überlegte Elfe.

»Soll nicht irgendwer anders den Zettel ziehen?«, schlug Mams vor, obwohl das Ganze doch ihr Vorschlag gewesen war.

Als hätten wir uns abgesprochen, riefen wir Kinder

gleichzeitig: »Amelie!« Denn unsere Nachbarin Amelie mögen wir alle gerne. Sie ist eine kräftige Person, die die leckersten Sachen der Welt kochen und backen kann. Dampfnudeln, Käsesahnetorte, Hefezopf und Erdbeermarmelade, Schokokuchen, Brathähnchen, Apfelmus und Lebkuchen. Ihre Spezialität sind *Auszogne.* Das ist ein Schmalzgebäck, das man bei uns im Dorf oft am Freitag isst, weil man da wegen Gott kein Fleisch essen soll oder so. Warum dieses leckere Gebäck so komisch heißt, weiß ich nicht, weil eigentlich werden die *Auszognen* mit Puderzucker bestreut und sind deshalb gar nicht nackt.

Außer Essen mag Amelie auch Tiere genauso gerne wie wir Rosenglücks. Auf ihrem Hof wohnen drei Kühe, drei Schafe und zwei Ziegen. Deshalb war sie auch genau die Richtige, um den Zettel mit dem Namen für unsere Gans zu ziehen. Alle zusammen gingen wir also zu Amelies altem Bauernhaus hinüber.

Wir waren alle ziemlich gespannt, als Amelie in Papsens Hut griff, einen Zettel herausholte und auseinanderfaltete: »Zimtsau« las sie vor und sah uns entgeistert an. Amelie ist eine brave Frau, die niemals Schimpfwörter sagt – höchstens, wenn es um den Bauern Leichenbacher geht.

Ich schnappte mir den Zettel und erkannte sofort, dass die »Zimtsau« in Elfes Schrift geschrieben war.

»Elfe, bist du bescheuert? Wir können die Gans doch

nicht Zimtsau nennen!«, fuhr ich meine Schwester an. Die hat auch wirklich nur Blödsinn im Kopf!

Elfe hob trotzig die Schultern.

»Also, Elfe, ich finde das auch keinen schönen Namen für eine junge Gans«, meinte Amelie. Und Amelie hat Tiere ja nun wirklich lieb.

»Aber so war es abgemacht«, sagte Paps. Ihm ist es immer sehr wichtig, dass man hält, was man verspricht, und dazu gehören nun mal auch solche Vereinbarungen.

»Elfe«, sagte ich zu meiner Schwester und versuchte, dabei möglichst freundlich und nicht zu ungeduldig zu sein. Denn ich weiß, dass meine Schwester ziemlich wurstbockig werden kann, wenn man sie zu etwas drängt, was sie nicht will. »Elfe, bitte, das war doch mehr ein Spaß, dass du da Zimtsau draufgeschrieben hast, oder?«

Elfe sagte noch immer nichts, sondern starrte trotzig zu Boden.

»Hör mal, ich kaufe dir beim Kramerladen ein Eis, wenn wir noch einmal ziehen dürfen«, bot ich an. Ich wollte unbedingt, dass die Gans meinen Namen bekam, nicht nur, weil eine Gans einfach nicht »Zimtsau« heißen kann.

»Ich will auch ein Eis!«, rief mein Bruder natürlich

gleich. Denn Jimmie ernährt sich praktisch nur von Süßem.

Mein Vorschlag mit dem Eis war anscheinend gut, denn Elfe war einverstanden. Ehrlich gesagt, fand ich das ziemlich cool von meiner kleinen Schwester. Aber sie ist eben nicht nur die bockigste Bockwurst in unserer Familie, sondern auch die coolste Coolwurst.

»Ja, soll ich dann noch einen Zettel ziehen?«, fragte Amelie auf ihre gewohnt gütige Art.

Und weil wir alle nickten, zog sie einen zweiten Zettel. Ich konnte es nicht fassen, aber auf dem stand doch glatt »Kleopatra«.

»Klopatra?«, fragte Elfe sofort und lachte dreckig. »Weil die kein Klo hat, oder was?«

»Nein, mein Engel«, meinte Mams, »lies genauer. Da steht nicht Klopatra, sondern Kleopatra. Das ist eine schöne Frau im alten Ägypten gewesen. Ich dachte mir, das passt zu unserer Gans, weil die doch auch einmal schön werden soll.«

Auf so was Ägyptisches kann auch nur Mams kommen, dachte ich mir und fand es ganz gut, dass Elfe meinte: »Doofer Name.«

»Ich finde den Namen auch doof«, pflichtete Jimmie ihr bei.

Ich sagte lieber nichts. Mams ist, wenn sie noch verschlafen ist, empfindlich wie Pauspapier. Und so ein Tag kann einen ziemlich komischen Verlauf nehmen, wenn man sie gleich am Anfang ärgert.

»Also gut, dann eben nicht Kleopatra«, meinte Mams. Zum Glück schien ihr das nicht so wichtig zu sein.

Als Amelie noch einen Zettel zog und auf dem »Toni« stand, freute ich mich sehr, man könnte sogar sagen: kolossal. Denn »Toni« war natürlich der beste Vorschlag der Welt und er kam von mir.

»Toni? Wieso denn Toni?«, wollte Elfe wissen.

»Weil das ein durch und durch guter Gänsename ist«, erklärte ich. »Der funktioniert nämlich bei einem Gänsemädchen und bei einem Gänsebuben – und wir wissen ja noch gar nicht, ob Toni mal ein Mann oder eine Frau wird. Weil das kann man jetzt noch nicht sehen.«

Kurz schwiegen alle nachdenklich und ich hatte schon ein bisschen Sorge, dass sie auch meinen Vorschlag nicht gut finden würden, doch am Ende waren alle einverstanden. Vermutlich lag es aber auch daran, dass die restlichen Vorschläge nicht so toll waren wie meiner: Paps hatte »Angela« vorgeschlagen, weil so unsere Bundeskanzlerin oder Präsidentin oder irgendwer sonst heißt. Typisch Paps. Und auf Jimmies Zettel stand: »Kalsn«, was wir zuerst nicht richtig kapiert haben. Aber dann hat Jimmie erklärt, dass das »Karlsson« heißen soll. Dieser *gerade richtig dicke und grundgescheite Mann in seinen besten Jahren* war nämlich zurzeit der Lieblingskinderbuchheld von Jimmie. Aber irgendwie war unsere Gans doch viel zu dünn und klein für so einen dicken Namen. Und deshalb blieb es beim besten Gänsenamen der Welt: Toni.

10. Kapitel

in dem wir uns beim bösen Fred auf die Lauer legen

Auch an einem Tag, an dem man bereits einer Gans das Schwimmen beigebracht und einen Namen für sie gefunden hat, freut man sich sehr, wenn seine besten Freunde zu einem kommen. Vor allem dann, wenn sie ein Fernglas dabeihaben und ein Notizbuch, eine Lupe und eine Packung Gummibärchen als Proviant.
Denn als Josefa und Rudi nachmittags mit all dem Kram vor unserer Tür standen, wusste ich sofort, dass an diesem Tag noch mehr Spannendes passieren würde.

»Holt den Fotoapparat!«, sagte Josefa so leise und geheimnisvoll, wie sie es mit ihrer hohen Stimme nur konnte. »Wir sind Detektive.«

Und Rudi flüsterte nur: »Der böse Fred.« Dabei versuchte er, mit seinem linken Auge zu zwinkern. Aber das klappte nicht ganz, weil immer auch das rechte Auge mit zugehen wollte.

Trotzdem haben Elfe und ich auch so verstanden, dass es um einen Geheimplan geht, und machten uns gleich bereit. Auch Jimmie wollte mit. Und obwohl ich ihn lieber zu Hause gelassen hätte, erlaubten wir es ihm. Kleine Kinder können nämlich oft nicht so leise sein und sind deswegen für Geheimpläne extrem ungeeignet. Aber Jimmie versprach, keinen Krach zu machen, und dann waren wir schon zu fünft auf dem Weg zum bösen Fred.

Die Wohnung vom bösen Fred liegt in der untersten Etage von einem nicht sehr schönen Haus. Wenn der böse Fred in seine Wohnung will, muss er an den Mülltonnen vorbei in den Garten und um das Haus herumgehen. Der Garten hat keine richtige Hecke, sondern nur so fluffige Büsche. Von diesen Büschen aus kann man ganz prima die Eingangstüre vom bösen Fred beobachten.

Wir schlichen gerade an den Mülltonnen vorbei in den Garten, da erschrak ich mich so stark, dass mein Herz stach. Über uns hängte eine alte Frau, die über dem bösen Fred wohnt, ihren zotteligen Kopf zum Fenster heraus. Ihre Haare sahen aus wie ein Osternest aus lila Wolle.

»Na, was macht ihr Kinderlein? Wollt ihr ein Lutscherle?« Ich fand ihre Stimme ganz schön hexig und konnte überhaupt nichts sagen, da war zu viel Schreck in mir.

Glücklicherweise ging es Josefa anders. »Nein danke, Frau Pfenninger«, sagte sie, anscheinend kannte sie die hexige Frau sogar. »Wir müssen nur kurz was beim Fred in den Briefkasten werfen.«

Das war natürlich eine knallig schlaue Idee von Josefa, aber leider meinte die alte Frau: »Aber die Briefkästen sind doch vorn an unserer Tür und nicht hinten, Kinderlein.«

In diesem Moment ist mein Herz dahin gerutscht, wo mein Bauchnabel sitzt. Ich kann nämlich nicht gut schwindeln. Und diese Schwindelei von der Josefa war irgendwie ja auch meine Schwindelei.

Aber Elfe, die kann ganz gut schwindeln und die hat dann einfach mit ihrer tiefen Elfestimme gesagt: »Wir müssen aber trotzdem zur Tür vom bösen Fred hinten gehen, Frau Pfenninger, und außerdem sind wir keine Kinder, sondern in furchtbar wichtiger Mission unterwegs.«

Ganz kurz war ich erleichtert, weil Elfe so mutvoll gewesen war. Doch da merkte mein Kopf, dass Elfe »böser Fred« gesagt und auch noch unsere Mission verraten hatte! Das war nicht gut, denn vielleicht mochte die alte Frau den bösen Fred ja. Und vielleicht mochte die es auch nicht, wenn Fremde mit einer Mission in ihrem Garten vorbeischauten! Oh Mann, Elfe!

Doch die Frau antwortete nur: »Dahinten wohnt nicht der Böser-Fred, sondern der Müller-Fred, Kinderlein.

Wenn ihr einen Böser-Fred sucht, dann seid ihr hier falsch.«

Da mussten wir alle so stark lachen, dass man den kleinen roten Knopf hinten im Hals sehen konnte. Die Frau Pfenniger hat doch glatt gedacht, dass wir glauben, der Fred hieße mit Nachnamen Böser! Was wäre das für ein verrückter Name. Da könnte man ja auch gleich Pupskanone oder Misthaufen heißen.

Dass die Frau gedacht hat, der Fred heißt Böser mit

Nachnamen, war aber nur halb so dumm. Denn bei uns in Bayern wird oft der Nachname zuerst gesagt, wenn man von einem Menschen spricht.

Wir sind ganz schnell in den Garten gehuscht und haben

uns hinter der fluffigen Hecke versteckt. Nicht dass der böse Fred uns noch erwischt. Die Alte von oben hat noch hexig gerufen: »Ja, wo seid ihr denn, Kinderlein«, aber da lagen wir schon auf der Lauer.

In der Wohnung vom bösen Fred hat sich nichts gerührt. Erst war es sauspannend und dann, so ungefähr nach zehn oder fünf Minuten, saulangweilig. Jimmie hat gegähnt und gefragt, ob wir uns gegenseitig kitzeln sollen, damit die Langweilige weggeht. Aber das geht nicht. Denn wenn Detektive auf einer Mission sich gegenseitig kitzeln, müssen sie lachen, und damit verraten sie jedes Versteck.

Da hat der Rudi plötzlich »psst« gemacht und mit seinem Finger direkt an einem Blatt von unserem Busch vorbei auf das Fenster neben der Tür vom bösen Fred gezeigt. Da hing ein gestrickter oder gehäkelter Vorhang und der hat mächtig gewackelt. Gleich war mein Gruselbauch wieder da. Wackelnde Vorhänge sind höchst verdächtig, das weiß jeder, der schon mal auf der Lauer gelegen hat.

»Der böse Fred liegt auch auf der Lauer«, hat der Rudi gesagt und so krass seine Stirn gerunzelt, dass ich Angst hatte, seine Haut könnte explodieren.

»Mach ein Foto, Elfe!«, habe ich meiner kleinen Schwester befohlen und die hat gleich abgedrückt.

Keine Sekunde später hat sich der Vorhang wieder bewegt. Hatte der böse Fred etwa so gute Ohren, dass er durch Vorhänge und Fensterscheiben hindurch das Klicken eines Fotoapparats hören konnte? Na ja, groß waren die Ohren vom bösen Fred ja schon.

»Voll spannend«, hat mein kleiner Bruder Jimmie gesagt und ich kam ins Grübeln: Ob das wohl typisch für böse

Menschen ist, dass sie am Nachmittag mit ihrem Vorhang herumspielen, während jemand im Garten lauert und sie beobachtet?

»Mich zerreißt's vor lauter Schauen«, hat die Josefa geflüstert. Aber es hat sie dann nicht zerrissen. Denn plötzlich ist der Vorhang ein größeres Stück zur Seite gerutscht und wir haben eine graue fellige Pfote gesehen. Und dann einen grauen felligen Kopf. Und der gehörte einer Katze. Puh.

»Wahrscheinlich sein Abendessen. Weil er Toni nicht gekriegt hat«, hat Jimmie geflüstert, aber ich war mir nicht sicher, ob mein Bruder da recht hatte.

Wir haben noch eine Weile weitergelauert, aber es ist nichts mehr passiert.

»Der ist nicht da«, hat meine kleine Schwester Elfe gesagt.

»Vielleicht schon«, habe ich gezischelt.

»Ich schau mal nach«, hat Elfe angeboten, aber Jimmie hatte was dagegen.

»Nein, Elfe«, hat er viel zu laut geflüstert und ganz ängstlich dabei ausgesehen.

Aber Elfe war Jimmies »Nein-Elfe«-Gesage egal. Die ist aufgestanden und ohne jedes Schleichen durch die Wiese zu dem Fenster gegangen und hat reingelinst. Dann hat sie uns gewunken. Wir sind hingeschlichen. Und dann haben wir alle durchs Fenster gelinst und ich hätte beinahe »Iiiiiih« geschrien. Drinnen lag nämlich der böse Fred auf dem Sofa und hat geschnarcht. Doch merkwürdigerweise hat der böse Fred als schlafender Fred viel weniger böse ausgesehen als sonst. Dass er eine Katze hatte, kam mir trotzdem verdächtig vor. Frisst der alle Tiere, die er kennenlernt?

Das Beobachten des schlafenden Freds war ziemlich langweilig, deshalb habe ich mich ein bisschen im Garten umgeschaut. Neben der Haustüre standen riesige Stiefel. Und da ist mit einem Mal in meinem Kopf so ein Alarm losgegangen, so ein inneres »Tüt-Tüüüt«.

Ich hab Elfe angestupst, auf die Schuhe gezeigt und »Foto« geflüstert. Dann habe ich mich hingekniet, die Stiefel vorsichtig hochgehoben, als wären sie aus Überraschungseiern, und die Sohlen direkt vor den Fotoapparat gehalten.

Wir waren gerade fertig mit dem Foto, da hat eine Stimme aus dem Nachbargarten gerufen: »Was macht ihr da, Spione?« Der hatte uns gerade noch gefehlt: der bescheuerte Moritz! Wenn ich nicht vor Aufregung geschielt habe, dann würde ich sagen, er hatte zwei Schwerter in der Hand. Damit fuchtelte der bescheuerte Moritz wild in der Luft herum und rief: »Stillgestanden! Der Schutzschild des Todessterns ist zerstört. Ihr müsst euch dem Lichtschwertduell mit Magic Moritz stellen! Sonst ist aller Tage Ende.«

»Wir sind keine Spione!«, rief mein kleiner Bruder zurück.

»Psst!«, machte Elfe. »Oder willst du, dass uns der böse Fred erwischt?«

»Los, wir rennen weg!«, hat Josefa geflüstert. Während wir abgesaust sind wie eine fliegende Salami, habe ich noch gehört, wie der bescheuerte Moritz gerufen hat: »Halt, wartet, ich will auch mitspielen!« Und da hat er mir ein bisschen leidgetan. Aber was soll ich tun? Ich mag einfach keine Schwerter.

11. Kapitel

in dem wir zum Brezlinger-Bauern flitzen und uns heimlich was stibitzen

Wenn du von einem finsteren Typen mit Schwert verfolgt wirst, zum Beispiel vom bescheuerten Moritz, dann renne niemals nach Hause, denn damit rechnet der. Renne woandershin. Aber wohin? Das wussten wir auch nicht so genau. Zu uns konnten wir nicht, zum Haselsteiner-Hof auch nicht, weil Josefa und Rudi dort wohnen und uns jeder sofort dort gefunden hätte, sogar der bescheuerte Moritz.

Ich kann nicht sagen, wieso, aber ich bin zu Pony Johnnys Stall gerannt. Das war auch ganz schön praktisch, weil ich eh noch die Box ausmisten musste. Und zu fünft geht das viel schneller als alleine. Ich mag Box ausmisten nicht so, weil Pony Johnny immer das ganze Stroh vollpinkelt, und das riecht dann fast noch schlimmer als die Sonnencreme von den Urlauberinnen, die sich manchmal den ganzen Tag an unserem See von einer Seite auf die andere rollen. Echt stinkkanonig!

Deshalb habe ich ganz lieb meinen Bruder gefragt, ob er

den Hufkratzer holen kann. Und Jimmie ist gleich losgelaufen zur Putzzeugkiste. Aber er hat keinen Hufkratzer gefunden. Denn der war verschwunden!

»Hey, Detektivbande«, habe ich gerufen, nachdem ich selber noch mal nachgeschaut hatte. »Jimmie hat keine Tomaten auf den Augen, der Hufkratzer ist wirklich nicht da.«

»Der Halfterverbrecher«, hat Rudi als Erster ausgesprochen, was wir alle gedacht haben. Wir standen im Kreis zusammen und Pony Johnny hat uns mit seiner weichen Schnauze abgeschnuffelt, um zu sehen, ob wir irgendwo gelbe Rüben oder Äpfel in unseren Taschen versteckt hatten, das macht sie immer.

Plötzlich kam mir ein schlimmer Gedanke: »Der Verbrecher, dem wir auf der Spur sind, muss sehr böse sein. Denn um in einen fremden Stall hineinzugehen und einen Hufkratzer zu klauen, da muss man ganz schön verbrecherisch sein.« Die anderen waren sofort meiner Meinung und haben ganz eifrig genickt.

Aber wenn man zu viel nickt, bekommt man Kopfweh. Deshalb brauchten wir eine Idee. Leider hatte ich in diesem Moment keine und die anderen auch nicht. Aber uns musste etwas einfallen. Sonst würde die Halfter-und-Hufkratzer-Klauerei nachher noch ewig weitergehen, vielleicht sogar bis Elfe und ich heiraten (also nicht wir uns gegenseitig, sondern irgendwelche Männer, die jetzt noch Buben sind). Nur woher sollten wir so einen Einfall bekommen?

Paps, der als Maler ja praktisch dauernd Ideen haben muss, hat mir mal verraten, dass gute Ideen Luftraum brauchen. Ich hab zuerst überhaupt nicht verstanden, was das sein soll. Aber dann hat er es mir erklärt. »Juni, Luftraum ist so was wie Platz.« Damit konnte ich halbwegs was anfangen. Platz ist ja überall da, wo nichts anderes ist.

Paps hat mir gesagt, dass er sich manchmal auf den Steg stellt und über den See rüber zur Zugspitze schaut. Weil über dem See mehr Platz ist als an anderen Orten, an denen zum Beispiel Apfelbäume im Weg stehen und die Sicht verdecken oder Eiffeltürme oder Misthaufen oder alte Leute mit fleckigen Hosen.

»Zum See!«, habe ich deshalb gerufen und bin gleich losgeflitzt. An der Badestelle war niemand und so hatte ich ganz viel Platz, um eine Idee zu bekommen. Und es hat wirklich sofort geklappt. Als alle da waren, habe ich meinen Zeigefinger an die Lippen gehalten und »psst« gemacht. Die anderen haben ganz erwartungsvoll geschaut.

Und das konnten sie auch. Meine Idee war nämlich wirklich gut.

»Wir brauchen Butter«, hab ich ihnen schließlich zugeflüstert.

»Warum brauchen wir Butter?«, hat Josefa gefragt.

»Dann brauchen wir auch Brot«, meinte Rudi. »Weil bloß Butter schmeckt nicht.«

»Oh Gott, doch nicht zum Essen!«, habe ich ein bisschen streng geantwortet, weil mir Rudis Satz zu witzig war. In einem Detektivleben ist wenig Platz für Witze.

»Für was brauchen wir die Butter dann?«, hat Jimmie schließlich gefragt, und wäre es nicht um einen geheimen Detektivplan gegangen, hätte ich ihn knuddeln können, so süß war er.

Stattdessen hab ich voll verschwörerisch gesagt: »Kommt mal alle noch näher.« Wir haben die Köpfe zusammengesteckt, wie Fußballer das im Fernsehen manchmal vor einem Spiel tun. Und dann habe ich den anderen meinen Plan verraten, ganz leise, damit niemand etwas mitbekommt. Wir haben unsere Fahrräder geholt und sind in Richtung Brezlinger-Hof geradelt.

Kurz vorm Hof haben wir die Fahrräder an den Stacheldrahtzaun hinter dem Jesuskreuz gelehnt, über dem steht:

»DAS LEBEN IST BEFREIEND WIE EIN PFURZ,
DAß ICH JETZT TOT BIN, IST MIR SCHNURZ.
ZUR ERINNERUNG AN DEN LANDWIRT JOSEF BIBER,
DER FRAUEN MOCHTE, UND BIER NOCH LIEBER.«

Ich glaube, dass man »Furz« nicht mit »Pf« schreibt, aber sonst mag ich diesen Spruch, weil Menschen, die wie Tiere heißen, eigentlich gar nicht böse sein können. Wer der Bauer Biber war, weiß ich nicht, auf jeden Fall war er sicher ein lustiger Mann.

Nachdem alle Räder hinter dem Kreuz standen, sind wir unter dem Zaun durchgekrochen. Denn das gehörte zu unserem Plan. Wir wollten uns von der Kuhweide her an den Brezlinger-Hof heranschleichen. Schließlich durfte uns niemand entdecken.

Hinter dem Stall stand der Traktor vom Brezlinger. Es roch ziemlich stark nach Kuhmist und die Hühner liefen gackernd um den Traktor herum. Ich glaube, sie unterhielten sich über Regenwürmer, denn das interessiert Hühner neben Eier legen am meisten.

Als der Hahn uns sah, krakeelte er gleich los. Aber das Radio vom Brezlinger war zum Glück voll aufgedreht, der Bauer lag nämlich unter dem Traktor. Keine Angst: Er war nicht tot. Das weiß ich, weil wir seine Füße sehen konnten. Sie steckten in Gummistiefeln und haben ein bisschen gewippt. Wahrscheinlich wegen dem Quatschlied, das da gerade lief. Ein Mann sang: »Ich liebe dich, auch wenn ich stinke, und mache winke, winke« oder so. Manche Erwachsenen sind echt ballaballa! Wenn man wen lieb hat, macht man doch nicht winke, winke, sondern bleibt für immer zusammen und teilt sich jeden Tag einen Becher Schokopudding.

Als ich die wippenden Füße von dem nicht toten Brezlinger gesehen habe, habe ich meinen Zeigefinger an die Lippen gelegt und meine Augen groß gemacht, damit die anderen kapieren, dass wir jetzt schleichig sein müssen, damit der Bauer uns nicht bemerkt.

Bald waren wir alle bis an die Stalltür geschlichen – außer Elfe. Ich war gerade dabei, stinkewinkesauer auf meine kleine Schwester zu werden, da sah ich, dass sie die Fußsohlen von den wippenden Musikstiefeln vom

Brezlinger abfotografierte. Die Idee war so gut, die hätte auch von mir sein können.

Du denkst jetzt sicher, dass wir in den Stall vom Brezlinger-Bauern gegangen sind, weil wir ja direkt vor der Stalltür standen. Aber wir wollten woandershin. Nämlich in den Raum daneben, in die Millikammer. So heißen bei uns die Kammern, in denen die Milch nach dem Melken auf das Milchauto wartet.

Wir sind ganz schnell reingeschlüpft und haben die Türe hinter uns zugezogen. Mein Herz hat jetzt mächtig gerast. Man darf bei uns nämlich eigentlich nicht einfach so in fremde Millikammern einbrechen und dort herumschleichen, schon gar nicht als Kind oder auf einer geheimen Mission. Auch die anderen waren kribbelig, das habe ich genau gespürt. Sogar meine sonst so knallcoole Schwester Elfe hatte voll die Zappelbeine.

»Da oben«, hat Josefa geflüstert und unsere Augen sind alle ihrem Finger hinterhergeflogen, mit dem sie auf den dicken Blechschrank gezeigt hat. Der Rudi hat seine Schwester sofort auf die Schulter genommen und die Josefa hat versucht, den Hebel von dem Blechschrank runterzuziehen. Aber sie war nicht stark genug und irgendwann hatte auch der Rudi keine Kraft mehr. Josefa ist von seinen Schultern heruntergepurzelt und hat dabei

ganz viele Eimer umgeschmissen. Oh Gott! Zum Glück hat sie sich nicht wehgetan, aber es hat einen Riesenkrach gemacht.

Wir haben die Luft angehalten und gelauscht. In meinem Bauch hat es gegluckert, als wären Kieselsteine mit Limo drin.

»Steig du auf Rudis Schultern«, habe ich ganz leise zu Elfe gesagt. Die hat nämlich mehr Kraft als Josefa. Und tatsächlich hat sie es geschafft.

Doch als der Blechschrank aufgeploppt ist, haben wir

einen Riesenschreck bekommen: Der Schrank hat schlagartig losgebrummt.

»Hol einen Eimer raus!«, flüsterte ich Elfe zu. Das hat sie gemacht und ist heruntergesprungen. Oh Gott, hatten wir Mulm im Bauch, dass uns jemand erwischt. Trotzdem haben wir alle schnell in die Butter gegriffen und eine Handvoll rausgeholt, außer Elfe. Und dann ist meine kleine Schwester wieder raufgeklettert und hat den Eimer zurück in den Blechschrank gestellt und die Tür zugedonnert. Sofort hat mein Bauch wieder gegluckert.

Weißt du, stehlen macht gar keinen Spaß, nicht einmal, wenn es für einen guten Zweck ist. Mit der Schmierebutter in der Hand sind wir rausgeflitzt, hinter den Stall und an den Wippelfüßen vom Brezlinger vorbei. Wir waren schon fast bei unseren Fahrrädern, da kam uns jemand entgegengeradelt. Es war Franzi. Und obwohl ich mich sonst immer total freue, ihn zu sehen, konnten wir den jetzt gerade wirklich nicht gebrauchen.

Wir haben unsere Butterhände hinter dem Rücken versteckt und den Franzi angeschaut wie Schnurrliburrli, wenn's blitzt.

»Na, was macht ihr? Wolltet ihr mich besuchen?«, hat der Franzi gefragt.

»Nö«, hat Elfe gesagt und wir anderen haben den Kopf geschüttelt, damit er's auch glaubt.

»Sondern?«, hat Franzi zurückgefragt und klang dabei gar nicht beleidigt.

»Wir haben in eurer Milchkammer Butter geklaut«, sagte Jimmie fröhlich und ich habe kurz überlegt, ob ich ihm die Butter aus meiner Hand einfach in den Mund stopfe. Aber die brauchten wir ja noch. Ich glaube, mein Gesicht ist in diesem Moment ungefähr so rot geworden wie das Gesicht von Mams, wenn sie nackig auf dem Teppich Pilatus macht.

Wir haben Franzi angestarrt und gespannt gewartet, was als Nächstes passiert. Würde Franzi sein Handy aus der Tasche ziehen und die Polizei anrufen? Als Dieb kann man schließlich ins Gefängnis kommen.

Franzi sah uns sehr lange ernst an. Dann sagte er: »Und ich muss jetzt weiter, weil ich noch die Kühe schminken muss, die gehen heute tanzen. Also dann – bis bald!«

Dann ist der Franzi weggeradelt. Ich glaube, der dachte, das mit dem Butterklauen vom Jimmie wäre ein Witz. So waren wir gerettet und haben dem Franzi hinterhergeschaut, als wäre er die deutsche oder englische Königin. Sicher hätten wir noch länger so geglotzt, aber da kitzelte mich was in der Hand – und das war die Butter, die langsam geschmolzen ist. Wir haben also keine Zeit verloren, sind zu Pony Johnnys Stall geflitzt und haben alle Butter, die noch nicht weggetropft war, auf den Griff von unserer geschlossenen Pferdeputzzeugkiste geschmiert.

Wenn der gemeine Halfterdieb jetzt noch einmal versuchen würde, etwas aus unserer Kiste zu stehlen, dann würde er mit seinen Fingern in die Butter fassen müssen – und peng – hätten wir seine Fingerabdrücke und könnten ihn überführen. Also wir oder die Polizei.

Danach sind wir nach Hause gedüst und haben die Fotos von den Stiefeln vom bösen Fred und vom Brezlinger mit dem Foto von dem Fußabdruck vom Halfterdieb auf der Weide verglichen. Aber leider gab es da überhaupt keine Übereinstimmung.

»Dann war es doch nicht der böse Fred«, meinte Rudi.

»Natürlich kann es der böse Fred trotzdem gewesen sein«, bollerte meine Bockwurst-Schwester unseren besten Freund an.

»Wieso?«, fragte mein sehr kleiner Bruder.

»Er kann doch auch andere Schuhe angehabt haben!«, bollerte Elfe noch einmal. Sie war anscheinend ziemlich wütend, dass ihre Fotos den Täter nicht überführt hatten.

Sicher willst du wissen, was an diesem aufregenden Tag noch Aufregendes passiert ist. Aber nach unserer spannenden Mission waren wir alle so erschöpft, dass wir nur noch ins Bett gefallen sind.

12. Kapitel

in dem wir Karottenkuchen mampfen und unsere kleine Wildgans fliegen lernt

Mitten im Juni ist mit unserer kleinen Gans ein Wunder passiert. Alles hat damit angefangen, dass plötzlich ihr Babyfell weg war und Toni richtige Federn hatte. Wegen dem Halfterverbrechen haben wir das Wachsen der Federn zuerst überhaupt nicht mitbekommen! Umso aufgeregter waren wir, als Toni plötzlich aussah wie eine richtig große Gans. Nur mein kleiner Bruder Jimmie war ein bisschen traurig darüber. Denn er wollte aus dem flauschigen Toni-Fell einen Pulli machen, so wie das Tante Amelie mit dem Fell von ihren Schafen macht. Ich bin mir nicht sicher, ob das geklappt hätte. Denn die Scheren für die Schafe sind so riesig, dass Toni wahrscheinlich vor Schreck tot umgefallen wäre. Aber jetzt war es eh zu spät. Toni war bereits verwandelt und es wurde noch aufregender.

Eines Sonntags, als wir mit dem Rad auf dem Weg zum Haselsteiner-Hof waren, ist Toni wie so oft hinter uns hergewatschelt. Wir sind ziemlich schnell gefahren, weil wir wussten, dass die Oma von der Josefa und dem Rudi Karottenkuchen gebacken hatte. Und wenn man da zu spät kommt, ist der Kuchen weg, denn Rudis und Josefas Geschwister sind mindestens genauso hungrig wie wir. Deshalb konnten wir leider keine Rücksicht auf unsere langsame kleine Gans nehmen. Und während wir so schnell wie der Wind Richtung Kuchen geflitzt sind, ist das Wunder passiert: Plötzlich ist etwas an mir vorbeigeflogen, das aussah wie ein dicker Indianerpfeil mit Patschefüßen. Aber es war kein Indianerpfeil mit Patschefüßen, es war unsere Gans!

Über dieses Wunder haben wir beim Kuchenessen alle sehr gestaunt. Jimmie hat sein Träumergesicht gemacht und gesagt: »Ich möchte bloß wissen, wie unsere Toni das gelernt hat. Es hat ihr doch niemand beigebracht, wie man fliegt! Woher kann die das?«

»Sie hat wahrscheinlich heimlich geübt«, hat meine kleine Schwester Elfe gesagt. Das glaub ich jedenfalls, denn ihr Mund war so voller Kuchen und Sahne, dass man fast nichts verstanden hat.

»Oder sie hat ein Flugzeug gesehen«, meinte der Rudi.

»Wenn, dann schon einen anderen Vogel.«

Und weil alle still geblieben sind, außer den Kuchenmampfgeräuschen, habe ich noch gesagt: »Von einem

Flugzeug kann man als lebendes Wesen nicht das Fliegen lernen, weil es nicht flügelt. Ein Flugzeug fliegt mit Düsen, aus denen heiße Luft rauskommt – oder jedenfalls irgend so ein Gepuste –, und dann kann es fliegen. Aber aus einer Gans kann ja keine Luft rauskommen.«

»Außer sie pupst«, meinte Jimmie hierauf und wir haben alle gekichert wie die Erbsen, weil das lustig war.

»Aber die Stärke vom Pupsen reicht nicht zum Fliegen für eine ganze Gans, denn da braucht man eine Raketen-Pups-Stärke«, sagte jetzt meine kleine Schwester. Und wieder haben wir gekichert.

Doch dann haben wir plötzlich ein Geräusch gehört. »Peng.« Und dann noch mal: »Peng. Peng. Peng.«

Natürlich haben wir sofort alle unsere Köpfe herumgedreht und zu dem Busch unterhalb von der Friedhofsmauer geschaut, die direkt an den Haselsteiner-Hof grenzt. Da war der Knall hergekommen. Ich habe gleich meine Augen detektivisch zusammengekniffen und sehr genau hingelinst – die anderen natürlich auch. Ja, unsere Bande war sofort wieder aktiv, obwohl wir noch alle ganz viel Kuchen und Sahne im Mund hatten. Und da haben wir gleich gesehen, dass in dem Busch ein Kämpfer-Hirni versteckt war. Der Kämpfer-Hirni trug einen grünen Soldatenanzug und zielte mit einem schwarzen Spielzeuggewehr auf uns. Es war der bescheuerte Moritz und wahrscheinlich dachte er, dass wir ihn nicht sehen. Aber hallo – wir essen Karottenkuchen!

»Wir sehen dich!«, habe ich laut gerufen. Die anderen haben nur in den Busch gestarrt und weitergemampft. Wir waren alle gespannt wie Flitzebögen.

»Kuchen her oder ich schieße!«, hat der bescheuerte Moritz aus dem Busch geschrien. Ich habe die Josefa angeschaut und mit den Schultern gezuckt. Denn wir sollen den bescheuerten Moritz ja mitmachen lassen, hat Mams gesagt. Aber wie man so einen Kämpfer-Hirni mitmachen lässt, wusste ich auch nicht.

Die Josefa hatte jedenfalls keine Lust, ihn mitmachen zu lassen. Sie hat ganz fest den Kopf geschüttelt, so fest, dass ihr Pferdeschwanz voll durch Rudis Gesicht gewischt ist. Dann hat sie mit ihrer hohen Stimme gerufen: »So gibt's bei uns keinen Kuchen!«

»Nur liebe Kinder kriegen Kuchen!«, hat dann auch der Rudi hinterhergerufen. Und nach einer kurzen Pause: »Sag ›Bitte‹, dann kannst du kommen.« Ich fand das gerecht, denn schließlich war es ja der Kuchen von Josefas und Rudis Oma. Deshalb durften die schon bestimmen, dass man »Bitte« sagt, wenn man einen Kuchen will. Aber weißt du, der bescheuerte Moritz ist wirklich nicht so klug! Anstatt »Bitte« zu sagen, hat der doch glatt gerufen: »Her mit dem Kuchen, ihr Zwergenwichte, sonst kommt Magic Moritz und schießt euch weg.«

Da mussten wir alle sehr lachen. Gar nicht so, weil er uns Zwergenwichte genannt hat. Sondern, weil sich »Magic Moritz« ja wohl richtig beknackt anhört!

13. Kapitel

in dem wir eine lockige Duftfrau aus dem See retten

Wir haben so getan, als wäre der Magic Kämpfer-Hirni gar nicht mehr da, und sind zum See gegangen, um die jungen Barsche zu beobachten. Barsche sind so zebrig gestreifte Fische, die in unserem See schwimmen. Wenn man mit den nackten Beinen im Wasser steht, kommen die Babybarsche manchmal angeschwommen und knabbern an einem herum. Das kitzelt und ist immer herrlich lustig.

Aber jetzt gerade war es plötzlich gar nicht mehr lustig, denn mein kleiner Bruder sagte: »Ich mache mir Sorgen«, und sein Gesicht sah dabei aus, als hätte er einen Sträuchel Schnittlauch verschluckt.

»Warum machst du dir Sorgen?«, habe ich Jimmie gefragt.

»Wegen Toni. Er kann fliegen, er kann schwimmen – ich habe Angst, dass er uns bald abhaut!« Jetzt war Jimmies Gesicht noch schnittlauchiger und seine Stimme war so faserig, als ob ihm gleich die Tränen kommen würden.

Armer kleiner Bruder. Ich habe gleich tröstend seinen kleinen Kopf mit dem strohigen Haar getätschelt.

Da kam auch Meister Kühnlein zu uns. Er hatte seine Mistgabel dabei, um die Algen vom Ufer wegzufischen. »Ja, warum schaust du denn, wie wenn's gleich gewittert?«, fragte er meinen kleinen Bruder. Und Jimmie erklärte es ihm.

»Ein bisschen hast du da schon recht mit deiner Sorge«, meinte Meister Kühnlein. »Weil draußen vor dem Dorf sitzen jetzt immer die Wildgänse, also die richtig wilden. Die ruhen sich da aus auf ihrer Reise. Gänse sind nämlich Zugvögel. Die fliegen im Winter nach Süden, wo es warm ist, und im Frühling und Sommer nach Norden, wo es dann auch wieder warm wird. Und bei uns machen sie Brotzeit, bevor sie weiterfliegen.«

Jimmie schüttelte den Kopf. »Die machen da keine Brotzeit. Ich habe denen zugeschaut. Die schnattern rum und hauen ihren Schnabel immer in den Boden rein.« Jimmie machte das dann auch gleich mit seinem kleinen Mund vor. War das lustig!

Aber Elfe sagte: »Du Dummerchen. Die hauen doch nicht ihren Schnabel in den Boden, die suchen was zum Fressen.«

»Würmer und Maden und Käfer und Schnecken und Termiten«, erklärte ich.

»Und wenn sie satt sind, dann fliegen sie weiter,« ergänzte Meister Kühnlein und kuschelte meinem sehr kleinen Bruder mit seiner riesigen pensionierten Hausmeisterhand, die weich ist wie ein Kissen, über die Haare.

»Aber wenn die Toni die anderen Gänse jetzt sieht, dann will die vielleicht mitfliegen!«, jammerte mein Bruder. Und da sagten wir alle nichts, sondern schauten nur so, wie Tante Amelie schaut, wenn ein Tier krank ist. Denn wenn Toni nicht mehr bei uns wohnen würde, wären wir eine Gans weniger. Und das wäre ziemlich traurig.

Erst einmal mussten wir uns aber nicht so große Sorgen machen, weil unsere Gans Toni sich überhaupt gar nicht für die echten Wildgänse interessierte. Und so genossen wir in den nächsten Tagen lieber das schöne Wetter und waren ständig am See. Wir zogen unsere Kleider aus und hüpften ins Wasser. Weißt du, ich habe beim Baden einen Trick: Ich trage den ganzen Sommer meine Badesachen unter den normalen Klamotten. Mams darf das zwar nicht wissen, weil sie findet, dass das stinkt. Aber ich mache es einfach heimlich. Und so kann ich immer baden, wenn ich Lust dazu habe.

Meistens sind wir ganz allein an der Badestelle, manchmal aber auch nicht. Unser See ist so schön, dass außer den anderen Dorfbewohnern häufig auch Urlauber zu

uns kommen. Diesen Sommer waren zum Beispiel eine schöne lockige Urlauberin aus Berlin da, die hat nach Duft gerochen wie eine Blume. Und dann gab es da noch einen runden Mann mit Hund und Zigarette im Mund. Der kam aus Köln und hat ab und an gerülpst, wenn er dachte, dass niemand zuhört. Ich hab ihn aber gehört. Er hat »örrrgh, örgh« gemacht und dabei fast wie eine Ente geklungen.

Heute aber ist mit der lockigen Urlauberin etwas ganz

Merkwürdiges passiert: Alles fing damit an, dass sie ins Wasser reinging und losschwamm. Sofort flog unser Toni hinterher und landete direkt neben der Duftfrau im Wasser, so wasserflugzeugmäßig. Echt cool. Aber die Duftfrau fand das gar nicht cool.

»Iiiiiiih« hat sie gequiekt und dabei geklungen wie das Ferkel vom Pickl-Hof. Toni gefiel das Quieken von der Duftfrau anscheinend. Denn während die noch weiter rausschwamm, schnappte unsere Toni nach ihren Haaren. Sofort schrie die Duftfrau noch einmal »Iiiiih«– und: »Hilfe, die Monsterjans greift mich an!«.

Zuerst haben wir die Monsterjans und die Duftfrau nur weiter beobachtet – es war fast wie Fernsehen, nur besser. Dabei haben wir ziemlich viel gekichert. Aber irgendwann hat die Josefa gesagt, dass sie glaubt, dass das für die Duftfrau nicht lustig ist, sondern dass sie richtig Angst hat.

Ich glaube, dass die Josefa recht hatte, denn die Duftfrau rief immer öfter »Hilfe«. Und da beschlossen wir, sie zu retten.

Bei uns auf dem See geht das Retten am schnellsten mit unserem alten Surfbrett. Zu fünft zerrten wir es ins Wasser, sprangen drauf und los ging's. Als wir bei Toni und der Duftfrau ankamen, sahen wir, dass die Frau weinte.

»Sie müssen nicht weinen!«, rief meine kleine Schwester

Elfe mit fester Stimme, um die Duftfrau zu beruhigen. Aber die weinte so sehr weiter, dass der Rudi besorgt meinte: »Man darf in den See nicht hineinweinen, sonst gibt es Hochwasser und unseren Hof erwischt's als Erstes.« Ganz ehrlich: Das kann schon stimmen, denn der Haselsteiner-Hof steht wirklich nahe beim Ufer.

Als die Duftfrau immer weiterweinte und Toni weiter an ihren Haaren herumstrolchte, nahm ich das Paddel und gab unserer wilden Gans damit eins auf den Schnabel. Nicht zu fest natürlich, nur so, dass sie damit aufhört. »Weg du, du … Lass die arme Icke aus Berlin in Ruh!«, hab ich ihr zugerufen. Toni hat erst mal ganz dumm geschaut, ist dann aber schmollig weggeschwommen.

Was dann noch passiert ist, war nicht so toll. Denn als die Duftfrau rausgefunden hat, dass Toni zu unserer Familie gehört, hat sie uns angeschrien, dass wir auf unsere Haustiere gefälligst besser aufpassen sollen und dass es eine Anmutung oder so was sei, wenn so eine »Monsterjans« auf dem See herumschwimmt.

Ich habe darauf nichts geantwortet, obwohl ich es gemein fand, was die Lockige gesagt hat. Aber meine kleine Schwester Elfe, die hat sich das nicht bieten lassen: »Jetzt sei mal still, du Dumme!«, hat sie gerufen. »Wir haben dich gerettet. Und außerdem können wir gar nichts dafür, was die Toni macht. Jede Gans ist schließlich ihr eigener Mensch!«

»Genau!«, hat der Rudi mit lauter Stimme meiner kleinen Schwester beigepflichtet. »Und wer ein eigener Mensch ist, muss für die bösen Taten, die er anstellt, selber die Verantwortung übernehmen.«

Weil sogar wir jetzt ein bisschen erstaunt geguckt haben – und damit die Duftfrau nicht denkt, das, was der Rudi sagt, ist nur dummes Kleinedorfkindergerede, hat die Josefa mit ihrer hohen Stimme noch hinzugefügt: »Das hat der Pfarrer gesagt!«

»Euer Pfarrer kann mir gestohlen bleiben!«, schrillte die Frau.

Aber jetzt wurde der Rudi wütend und er sagte zurück, dass man bei uns im Dorf nichts stiehlt, nicht einmal einen Pfarrer.

14. Kapitel

in dem Mams etwas Schreckliches vorschlägt und eine dünne Tante die Polizei rufen will

Wir haben dann gedacht, dass das noch ein ziemlich lustiger Sommer werden würde mit unserer Gans Toni, die gerne mit anderen mitschwamm. Aber das wurde es nicht. Denn unsere Gans hat bald jede Frau mit langen Haaren über den See verfolgt und wir konnten gar nicht mehr alle retten, die da »Iiiiih« und »Uuuuh« und »Hiiiiiilfe« riefen.

Plötzlich gab es dauernd Krach am See und das ausgerechnet wegen einer Gans, die zu unserer Familie gehörte.

Als wir Paps eines Abends davon erzählten, hatte er eine ganz komische Idee. »Die Toni ist vermutlich doch männlich«, sagte er. »Toni ist wahrscheinlich keine Gans, sondern ein Gänserich. Und vom Alter her könnte er jetzt ein Teenager, also ein Jugendlicher sein – mit allem, was dazugehört. Wisst ihr, Kinder«, erklärte unser Paps, »in solchen Teenagern spielen oft die Hormone verrückt.«

»Was sind Mormonen, Paps?«, hat meine Schwester Elfe gefragt.

Ich glaube, dass Paps »Hormone« gesagt hat. Aber das, was Paps dann erklärt hat, fand ich auch ziemlich schwer zu verstehen. Er meinte, Hormone wären irgendein komischer Saft, der bei Menschen und Tieren, die bald erwachsen werden, in den Körpern herumfließt. Und dieser Saft macht diese Menschen und Tiere ganz verrückt. »Bei euch werden sich die Hormone auch noch bemerkbar machen«, behauptete Paps und lächelte. Ich verstehe nicht, wie Paps da lächeln konnte, und ich kann mir auch nicht vorstellen, dass mit uns mal so was Verrücktes passiert.

»Diese Hormone führen auch dazu«, hat Paps dann noch erklärt, »dass man sich als Teenager in wen anderen verliebt. Und weil unser Toni wie ein Mensch unter Menschen aufgewachsen ist, denkt er vielleicht, er selbst sei auch ein Mensch. Und so verliebt er sich nicht in eine Gans, sondern in die langhaarigen Urlauberinnen, die im See schwimmen. Und weil er verliebt ist, will er sie küssen.«

Na, das waren ja mal wirklich Neuigkeiten! Aber wir haben uns gar nicht gefreut: Weder darüber, dass unser Toni wahrscheinlich ein Gänserich war, noch darüber, dass er diesen gefährlichen Saft im Körper hatte, der ihn zu einer Frauen-Küsser-Monstergans gemacht hat.

Doch es wurde alles noch viel schlimmer. Denn eines Tages, ich war gerade beim Hausaufgabenmachen, hörte ich im Garten Geschrei. Schnell bin ich die Treppe hinuntergeflitzt, weil wo Geschrei ist, ist ja auch immer was los. Doch als ich ankam, sah ich nur noch, wie eine sehr dünne Urlauberin mit einem roten Sonnenbrandrücken vom Hof gelaufen ist und Mams und Paps ihr sehr ernst hinterherschauten.

»So kann das nicht weitergehen«, meinte Mams. »Wenn die uns wirklich die Polizei auf den Hals hetzt, dann weiß ich auch nicht ...«

»Doch nicht, weil eine Gans ein bisschen an ihren Haaren herumzieht.« Paps schüttelte den Kopf.

»Also mir reicht's jedenfalls«, sagte Mams.

»Was willst du denn tun?«, fragte Paps gerade, als Elfe und Jimmie in Badesachen vom See kamen. Paps will nämlich immer, dass Mams glücklich ist.

Aber was Mams dann sagte, war einfach nur schrecklich: »Ich denke, wir müssen Toni schlachten.«

Als wir das hörten, machte Jimmie ein Weingesicht, Elfe sagte »Nie« und ich fühlte, wie meine Knie plötzlich weich wurden wie Majo ohne Pommes.

Natürlich wollte auch Paps Toni nicht schlachten.

»Aber er muss kapieren, dass er ein Gänserich ist und kein Mensch.« Und dann hatte er noch eine Idee: »Toni braucht eine Gänsefrau, damit er die Menschenfrauen in Ruhe lässt.«

Mir gefiel Paps' Idee ganz und gar nicht. Denn mit »Gänsefrau« meinte er doch ganz sicher die wilden Gänse auf der Wiese vor dem Dorf. Und wenn unser Toni sich in eine von denen verlieben würde, dann würde er bestimmt bald bei uns ausziehen. Deshalb sagte ich: »Nein, Paps. Toni braucht keine Gänsefrau. Der soll bei uns bleiben.«

Auch Elfe und Jimmie haben sehr beerdigt geschaut, aber Paps und Mams hatten die Nase voll von Tonis Frauenjagd. Und bevor mir etwas Gutes einfiel, steckte Paps

Toni in eine große Schachtel, die noch von den Farben für seine Malerei übrig war, und radelte mit ihm zu den Wildgänsen. Paps muss wirklich sehr wütend gewesen sein, denn er flitzte so schnell auf seinem Fahrrad, dass wir fast nicht hinterherkamen.

Aus der Nähe sahen die echten Wildgänse wirklich genauso aus wie unser Toni. Mindestens zehn Fußballmannschaften von Wildgänsen saßen mittlerweile auf der Wiese vor dem Dorf und schnatterten wild durcheinander. Paps nahm Toni aus der Schachtel und setzte ihn in der Nähe der Gänse auf die Wiese. Dann ging er vorsichtig rückwärts zu seinem Fahrrad und flüsterte uns zu, dass wir jetzt ganz leise und unsichtbar zurück zum Dorf schieben sollten.

»Aber Paps«, flüsterte ich. »Toni gehört doch zu unserer Familie!«

»Willst du lieber, dass er geschlachtet wird, oder was?«, zischelte Paps zurück. Da spürte ich in meinen Augen etwas Wässriges. Und als ich zu Elfe und Jimmie rüberblickte, sah ich, dass es bei ihnen genauso war. Wir gingen also vorsichtig rückwärts zu den Rädern und schauten dabei mit salzigen Augen Toni an. Und was machte der? Er schaute die Gänse an – und er schaute uns an – und er schaute die Gänse an – und noch einmal uns. Und rate mal, was er dann gemacht hat? Er schnatterte irgendwas Unverständliches und watschelte hinter uns her. Und während wir auf die Räder stiegen und losradelten, hob Toni ab und flog voraus. Als wir zur Hofeinfahrt reinkamen, saß er bereits an seiner Futterschale und mampfte Körner. Paps war zunächst sehr ärgerlich. Aber nach einer Wischelwuschelhaarekopfmassage von Jimmie war er schon ein bisschen weniger ärgerlich, denn Kinderhände haben Zauberkraft. Das behauptet Paps jedenfalls.

15. Kapitel

in dem wir echte tote Tiere beerdigen, was ein riesengroßer Spaß ist

Am nächsten Tag kamen Josefa und Rudi zu uns und schauten so geheimnisvoll und detektivisch, dass mir plötzlich wieder unsere Butterhände einfielen: Oh Mann, wir hatten ganz vergessen nachzusehen, ob auf der Pferdeputzzeugkiste Fingerabdruckspuren von dem bösen Halfterverbrecher waren! Weißt du, daran erkennt man beste Freunde: Wenn sie das Gleiche denken wie man selbst. »Kommt, lasst uns nach den Fingerabdrücken schauen!«, rief ich und sofort sockten wir los.

Im Stall war es dunkel, kalt und gruselig. Die Pferde standen draußen auf der Koppel und wir konnten sie durch das gekippte Fenster wiehern hören. Nur oben in der Tenne, wo das Heu für den Winter liegt, raschelte etwas. Eine Katze? Eine Maus? Oder gar der gemeine Halfterdieb? Mein Herz schlug sofort galoppig. Vorsichtig schlichen wir zu der Putzzeugkiste. Die Butter war nicht mehr auf dem Deckel. Ganz verdächtig! Wir gingen noch näher mit unseren Köpfen an die Kiste heran.

»Boah, das stinkt …«, rief Rudi und Josefa ergänzte: »… voll ranzig!«

Die Butter war geschmolzen und heruntergelaufen und schlecht geworden. Auf dem Boden konnten wir deutlich einen dunklen Fleck sehen, um den die Fliegen kreisten.

»Na, das war wohl nichts«, meinte Elfe und wir waren alle ein bisschen traurig, dass unsere Mission erst mal gescheitert war.

Ich hatte bereits ein bisschen Angst, dass das ein doofer Nachmittag werden könnte. Aber dann fanden wir neben dem Misthaufen vor dem Stall einen toten Frosch, der schon ganz vertrocknet war. Und der brachte mich auf eine Idee: »Wir spielen Echte-Tiere-Beerdigen!«, rief ich so laut, dass sogar die Pferde zu uns herschauten.

»Aber wir haben doch nur den einen Frosch«, meinte Rudi nicht so richtig begeistert. »Der ist ja wohl schnell beerdigt.«

»Wir sammeln einfach ganz viele Tiere«, rief ich. »Und dann machen wir ein riesiges Beerdigungsfest!«

Und ich sage dir, wir haben ganz viele Tiere gesammelt und ein riesig großes Beerdigungsfest organisiert: Elfe und Jimmie haben nämlich drei Fliegen auf dem Fensterbrett von unserem Wohnzimmer gefunden und Josefa hat

eine Biene gefunden, die lag vor dem Tennentor. Dann haben wir noch eine Umfrage auf der Straße gemacht. Du wirst es nicht glauben, aber eine Wandersfrau mit so gelben Haaren und goldenen Schuhen mit Geschenkbändern statt Schnürsenkeln hat uns gesagt, dass bei der Kirche ein toter Vogel liegt. Wir sind gleich hingelaufen und haben den Vogel geholt. Den hatte wahrscheinlich eine Katze erlegt. Aber weil uns das noch immer zu wenig für ein richtig gutes und lustiges Beerdigungsfest war, haben wir Meister Kühnlein gefragt, ob er auch irgendwas Totes hat.

»Wir können ja mal schauen, ob in meiner Mausefalle

was ist«, hat er vorgeschlagen. Und jetzt halte dich fest: In der Mausefalle von Meister Kühnleins Schuppen befand sich tatsächlich eine Maus. Leider sah die sehr eklig aus.

Als wir alle Tiere zusammenhatten, haben wir die Schaufel geholt und in der Wiese vor der Haustür losgebuddelt. Es sollte ja ein toller Friedhof werden, ein richtig gigantischer. Und den Ort vor der Haustür fanden wir praktisch, denn da waren die toten Tiere immer bei uns und fühlten sich nicht allein. Also für den Fall, dass sie mal nicht im Himmel, sondern in ihrem Grab waren.

Doch Mams hat die Idee mit den Gräbern direkt vor dem Haus nicht gefallen. Deshalb haben wir in die drei Löcher, die wir schon hatten, Wasser reingeschüttet und sind auf die Apfelbaumwiese gegangen. Ich habe gezählt, wie viele Gräber wir brauchen, und dann haben wir losgebuddelt. Ich weiß nicht, auf wie viele du kommst, aber bei mir waren es sieben.

Als endlich alle Gräber ausgebuddelt waren, stand plötzlich noch jemand auf der Apfelbaumwiese. Er hatte ein Spielzeuggewehr dabei und wir haben ihn alle sofort erkannt.

»Was willst du, Moritz?«, hat Elfe ihn angefahren.

»Mitmachen. Beerdigt ihr Leichen? Ich will auch mitmachen«, hat er gerufen.

»Das sind keine Leichen, sondern tote Tiere«, erklärte mein sehr süßer kleiner Bruder.

»Cool«, hat da der bescheuerte Moritz gesagt, mit dem bescheuertsten Moritz-Tonfall, den du dir vorstellen kannst. Und dann noch dreimal: »Cool, cool, cool.«

In diesem Moment habe ich in meinem Bauch gespürt, dass der bescheuerte Moritz arm dran ist. Und ich habe mich an Mams erinnert, die gesagt hat, dass wir ihn mitspielen lassen sollen. Und obwohl ich es nur so halb wollte, habe ich gesagt: »Moritz, tote Tiere sind nicht cool. Aber du darfst mitspielen, wenn du dein Gewehr wegbringst. Bei einer Beerdigung kann man keine Waffen brauchen. Da ist man still und traurig. Sonst wird es nicht schön.«

Darauf hat der bescheuerte Moritz eine ganz böse Grimasse gezogen und gesagt: »Ohne meine Waffen mache ich nicht mit.«

»Dann mach eben nicht mit!«, hat Jimmie ihm geantwortet.

Das war mutvoll, aber auch ein bisschen dumm, denn der bescheuerte Moritz hat einen großen Schritt auf ihn zu gemacht und ihn umgeschubst. Mein sehr kleiner Bruder ist mit dem Po ins Gras geplumpst und hat den bescheuerten Moritz angeschaut, als wäre der ein

Riesenhund. Jimmie war kurz davor zu weinen, das hab ich gesehen. Deshalb habe ich auch einen großen Schritt gemacht und mich direkt vor den bescheuerten Moritz mit seinem bescheuerten Gewehr gestellt. Zwischen seiner und meiner Nasenspitze war ungefähr so wenig Platz, dass man eine Tafel Schokolade dazwischen hätte klemmen können. Aber ich hatte keine Schokolade, sondern nur ganz viel Wut.

»Hau ab!«, habe ich gebrüllt.

»Hau selber ab!«, hat der bescheuerte Moritz zurückgebrüllt.

»Warum soll ich abhauen«, habe ich gesagt, »das ist doch unsere Apfelbaumwiese!«

»Na und!«, hat der bescheuerte Moritz gesagt. »Du bist 'ne dumme Kackbiene.«

Das fand ich echt gemein, weil ich keine dumme Kackbiene bin. Und deshalb habe ich gesagt, dass Moritz ein »Magic Hirni« ist.

»Magic Hirni?«, hat da der bescheuerte Moritz gefragt.

»Ja«, haben wir alle gerufen, also auch Elfe, Josefa, Rudi und sogar Jimmie. »Magic Hirni, Magic Hirni, Magic Hirni!«

»Ich bin Magic Moritz, ihr Schleimtaschenfurzkanonenkackstinker«, hat der bescheuerte Moritz gebrüllt und mit seinem Spielzeuggewehr herumgewedelt. Da habe ich ein bisschen Angst bekommen. Nicht weil »Schleimtaschenfurzkanonenkackstinker« ein schlimmes Wort ist, sondern weil das Gewehr vom bescheuerten Moritz so echt aussieht. Ich wollte gerade weglaufen, da ist ein Wunder passiert. Ja, schon wieder eines. Es hat nämlich plötzlich geregnet. Aber nicht überall, sondern nur über dem Kopf vom bescheuerten Moritz und von mir! Da haben wir beide nach oben geschaut und ganz vergessen, was für ein

Schimpfwort wir als Nächstes sagen wollten. Der Regen hat uns ins Gesicht getropft. Einfach so. Und weil es so heiß war, fand ich das kalte Getröpfel ganz schön angenehm. Und ich glaube, dem bescheuertem Moritz ging es genauso.

Sicher interessiert dich, wie es zu diesem Wunder kommen konnte: Mein sehr kleiner Bruder hat es gemacht. Während der bescheuerte Moritz und ich uns beschimpft haben, ist Jimmie auf die andere Straßenseite geflitzt und hat den Gartenschlauch

geholt. Und dann hat Jimmie das Wasser angedreht und den Schlauch wie ein Feuerwehrmann nach oben gehalten. Und dann hat es angefangen zu regnen. Voll gut.

Aber es hat keine zwei Minuten gedauert, da hat der bescheuerte Moritz schon wieder losgebrüllt: »Hilfe, ein Meteoritensturm – wir müssen uns zurückziehen, Männer!« Er hat noch ein paarmal so getan, als würde er in die Luft ballern, dann ist er weggerannt. Als er über den Zaun klettern wollte, ist seine Soldatenhose eingerissen, so arg, dass man die Unterhose gesehen hat. Aber keiner von uns hat

gelacht, denn dafür war gar keine Zeit. Sieben tote Tiere warteten schließlich auf ihr großes Beerdigungsfest.

Was dann kam, war sehr traurig und hat deshalb sehr viel Spaß gemacht: Elfe spielte so traurig-schöne und selbst erfundene Lieder auf ihrer Flöte, dass wir fast weinen mussten. Und Rudi dachte sich schnell noch ein Gedicht aus:

»Fliege, Biene, Vogel, Frosch und Maus,
euer Leben ist nun endlich aus.
Seid bitte nicht traurig, ängstlich oder so,
weil wer im Himmel traurig ist, kriegt 'nen Tritt in' Po.
Der Tritt kommt vom lieben Gott direkt,
seid fröhlich, dann kocht er euch irgendwas, das schmeckt.
Kaiserschmarren, Gummibären und viel Kuchen,
wir kommen euch dann auch besuchen.«

»Erstens kann man Gummibären und Kuchen nicht kochen und zweitens will ich die toten Tiere nicht besuchen. Die fangen doch irgendwann voll an zu stinken«, hat Elfe mitten in die schöne Stimmung hinein gesagt. Kurz wollte ich wütend werden, aber auf einer Beerdigung, die eine Freude sein soll, muss man traurig sein. Außerdem hatte es heute schon genug Streit gegeben und so ließ ich Elfe einfach reden. Insgesamt war die Beerdigung jedenfalls ein Riesenspaß und ich bin mir sicher, dass alle Tiere in den Himmel gekommen sind. Der Frosch leider nur als sehr flaches Tier, weil vermutlich ein Traktor über ihn drübergefahren ist. Aber Tante Amelie sagt, dass es für jeden Topf einen Deckel gibt, und so wird auch dieser flache Frosch im Himmel sicher eine Froschfrau finden, die ihn hübsch findet, und die ist dann sein Topf. So, und jetzt müssen du und ich und wir alle zusammen ganz stark sein. Weil jetzt ist es vorbei mit den lustigen Beerdigungen. Jetzt wird es ernst.

16. Kapitel

in dem wir über den bescheuerten Moritz staunen und Gänsehochzeit feiern

Der Morgen nach unserem Beerdigungsfest verlief zunächst ganz normal: Wie immer bin ich als Erste aufgewacht und habe meine Haare gebürstet. Dann bin ich im Nachthemd raus in den Garten, um nach Toni zu sehen. Aber sobald ich vor seinem Käfig stand, fingen meine Beine an zu schlottern, als würde ich auf einem Traktor sitzen, dessen Motor läuft. Da war aber kein Traktor, sondern nur der Stall von Toni – und jetzt halt dich fest: Die Tür vom Stall stand offen!

Obwohl mein Herz getrommelt hat wie eine Musikkapellentrommel, bin ich sofort ins Haus zurückgerannt und habe alle wach geschrien: »Hilfe«, habe ich gerufen, »Toni ist weg! Die Stalltür ist offen!«

Jimmie war sofort wach und auch Paps. Aber Mams und Elfe, die haben gegähnt und Mams hat gefragt, welche Moni ich meine und welche Falltür. Mit den beiden Penntüten kann man morgens wirklich nichts anfangen.

Gemeinsam mit Paps und Jimmie bin ich wieder

rausgelaufen und wir haben uns den Stall ganz genau angeschaut: Hatte vielleicht der Fuchs ihn aufgebissen? Das konnte nicht sein, denn es war nichts kaputt. Hatte der böse Fred unseren Toni heimlich geklaut und gebraten? Auch das war nicht möglich, denn vor dem Stall war nicht ein einziger frischer Abdruck von irgendwelchen bösen Füßen. Da fiel mir was ein: »Sag mal, Jimmie«, sagte ich, »hast du gestern daran gedacht, die Stalltür zuzumachen?«

Da sind die Backen in dem Gesicht von meinem sehr

kleinen Bruder so rot geworden wie Ketchup und Erdbeermarmelade zusammen und er hat genickt und »Mh-mhm« gemacht, was wohl »Ja« heißen sollte. Ehrlich gesagt glaube ich, dass mein Bruder da geschwindelt hat. Oder warum waren seine Backen sonst so ketchupmarmeladenrot?

Als die anderen gekommen sind, haben wir alle erst einmal sehr geweint. Und wie wir so weinend in unseren Schlafanzügen vor Tonis Stall standen, tauchte plötzlich der bescheuerte Moritz auf. Er hat sich an den Zaun gestellt und gefragt, was mit uns los ist.

»Das geht dich nichts an«, hat meine kleine Schwester bockwurstig zu ihm gesagt.

»Hau ab«, hat mein sehr kleiner Bruder gerufen.

Du Idiot, habe ich mir gedacht, weil sagen darf man so was ja nicht; jedenfalls nicht, wenn Mams und Paps dabei sind.

»Stell dir vor, Moritz, unsere Gans ist weggeflogen«, hat Mams ihm erklärt.

»Deshalb sind wir traurig«, das war die Stimme von Paps.

»Echt«, hat der bescheuerte Moritz gefragt. »Das ist ja voll uncool, uncool, uncool.« Und dann ist er zum Glück abgehauen.

Mams und Paps haben draußen den Frühstückstisch gedeckt und ich wollte gerade in ein sehr dick mit Erdbeermarmelade beschmiertes Trostbrot beißen, da stand der bescheuerte Moritz schon wieder am Zaun. Ich konnte nichts sagen wegen dem Trostbrot mit Riesenmarmelade, aber ich war sicher, dass Elfe und Jimmie gleich wieder so etwas Hau-ab-Mäßiges rufen würden. Aber dann ist ihnen Mams zuvorgekommen. Sie meinte: »Na, Moritz, was gibt's denn?«

Und da hat der bescheuerte Moritz etwas gesagt, womit keiner von uns gerechnet hätte. »Wachteln«, hat er gesagt. Und sonst nichts.

Der hat zu uns geschaut und wir haben zu ihm geschaut. Und keiner außer dem bescheuerten Moritz hat kapiert, was los ist.

Da hat er hinter dem Gartenzaun etwas hochgehoben und wir haben sehr gestaunt. Denn es war kein Gewehr und keine Pistole und auch kein Schwert. Es war nur ein Pappkarton.

»Na, Moritz, was hast du denn da Hübsches«, hat Mams mit einer Stimme gefragt, die ich eigentlich viel zu nett für den bescheuerten Moritz fand. Aber gut, Mams denkt ja, dass in jedem Menschen irgendwo was Gutes versteckt ist.

Aber der bescheuerte Moritz hat wieder nur »Wachteln« gesagt. Und dann: »Für euch. Die sind noch jung. Wir haben die ausgebrütet.«

Es war gut, dass in diesem Moment kein Bienenschwarm durch unseren Garten geflogen ist, denn unsere Münder standen vor Staunen so weit offen, dass die da locker alle drin gelandet wären.

»Und wir dürfen die mal anschauen?«, hat Mams gefragt, die das anscheinend alles auch nicht so ganz kapiert hat.

»Ja«, hat der bescheuerte Moritz gesagt. »Und haben. Ihr dürft die haben.« Dann hat er eine kleine Pause gemacht. »Also geschenkt, wenn ihr wollt.«

Da haben wir es alle kapiert. Und wir sind aufgesprungen, zum Gartentürchen geflitzt und haben den bescheuerten Moritz reingelassen. Er hat die Kiste neben dem Frühstückstisch auf den Boden gestellt, hat sie vorsichtig aufgemacht und wir haben reingeschaut. Und du wirst es nicht glauben, was da drin war: drei winzig kleine Wachtelküken. Die waren so klitzelig und kleinelig, dass wir fast geweint hätten vor lauter Süßheit. Der bescheuerte Moritz hat jedem von uns eines in die Hand gedrückt. Gott, waren die weich. Und sie fühlten sich so zart an, als wären sie aus Zahnstochern und Seidenpapier zusammengebaut, aber beweglich und mit Motor. Sooo süß!

Wir haben dann gleich Tonis Stall sauber gemacht und die Wachteln einziehen lassen. Und am Abend, als wir gemeinsam mit dem bescheuerten Moritz am Feuer gesessen und Würste auf Stöcken gebraten haben, da sind zehn Fußballmannschaften Gänse über uns hinweggeflogen. Und ich glaube, eine davon hat uns mit ihren Flügeln zugewinkt. So ein bisschen undeutlich, aber trotzdem.

Josefa und Rudi müssen unsere gebratenen Würste bis zum Haselsteiner-Hof gerochen haben. Jedenfalls kamen sie auch mit geschnitzten Stöcken zu uns und grillten mit. Klar, dass dem Rudi und der Josefa auch die Wachtelbabys gefallen haben. Ich glaube, dass außer dem bösen Fred jeder Mensch Babys mag, egal von welcher Tier- oder Menschensorte.

Als es schon fast dunkel war, hat der bescheuerte Moritz gefragt, ob er morgen nach der Schule wiederkommen kann. »Ich bringe auch kein Gewehr mit, sondern so kleine Körner. Weil die Babys brauchen so kleine Körner. Die fressen die nämlich.«

Ich habe die anderen der Reihe nach angeschaut – Elfe, Jimmie, den Rudi und die Josefa – und dann habe ich gesagt: »Okay, du kannst morgen wiederkommen.« Wir waren alle einverstanden.

Am nächsten Tag nach der Schule stand der bescheuerte Moritz dann tatsächlich auch da. Doch außer den kleinen Körnern für die sehr kleinen Wachtelbabys hatte er auch noch etwas anderes dabei.

»Das da ist auch für euch. Es tut mir leid«, sagte er und reichte uns eine Plastiktüte. Dabei sah er aus, als ob er aufs Klo müsste.

Ich kapierte nichts.

»Was ist in der Tüte?«, fragte Jimmie und steckte seine neugierige Nase rein. Sofort war sein Kopf wieder draußen und sein Gesicht sah so zerknittert aus, als hätte er in einen Pferdeapfel gebissen. Deshalb schaute auch ich rein. Und da habe ich verstanden, warum Jimmie so geguckt hatte: In der Tüte waren ein neues Halfter und der verschwundene Hufkratzer. Ja, da staunst du.

»Wo hast du das her?«, fragte ich.

»Das Halfter habe ich neu gekauft, von meinem Taschengeld. Und der Hufkratzer ist jetzt auch wieder da.«

Der bescheuerte Moritz sah ganz schön komisch aus, als er das sagte, ungefähr so, wie lauwarmes Wasser sich anfühlt.

»Aha«, antwortete ich. »Dann ist der Hufkratzer also auch wieder da …«

Sicher willst du jetzt eines wissen: Ob später oder auch am nächsten Tag irgendwer von uns gefragt hat, wieso der bescheuerte Moritz uns ein Halfter kaufte und woher er den Hufkratzer hatte. Aber wir haben ihn nicht gefragt. Wir haben gar nichts gefragt. Ich glaube nämlich, dass sowieso jeder von uns so ungefähr wusste, warum alles gekommen war, wie es gekommen war. Aber genau wusste es natürlich niemand. Ich glaube, es hat etwas mit dem Eis zu tun gehabt.

Jedenfalls sagte der bescheuerte Moritz, nachdem er uns die Sachen zurückgegeben hatte: »Ich will bei euch mitspielen.«

Und ich sagte: »Gut, dann versuchen wir es mal.« Denn wenn einem jemand drei kleine Wachteln und ein neues Halfter für Pony Johnny schenkt und außerdem noch einen verschwundenen Hufkratzer zurückbringt, dann muss man ihm eine Chance geben als Freund. Das finde ich nur gerecht. Der bescheuerte Moritz hat jedenfalls den ganzen restlichen Sommer mit uns gespielt. Seine Waffen hat er immer zu Hause gelassen, außer wenn wir Jäger gespielt haben. Weil ein Jäger braucht ein Gewehr, sonst ist er keiner. Und irgendwann hieß der Moritz auch gar nicht mehr bescheuerter Moritz, sondern nur noch Moritz. Es war einfach praktischer.

Alice Pantermüller / Daniela Kohl

Linni von Links

Berühmt mit Kirsche obendrauf

Linni von Links will endlich berühmt werden: Seit ihre legendäre Uroma Emilie damals ein großer Star in Hollywood war, sind nämlich alle Frauen der Familie von Links berühmt geworden. Sogar Linnis kleine Schwester Frida war neulich in der Zeitung - mit Foto! Jetzt ist Linni an der Reihe: Mit ihren Gedichten wird sie die Welt erobern. Doof nur, dass außer Linni keiner ihre Gedichte gut findet. Und dann taucht auch noch eine griesgrämige alte Dame auf, die ihre Pläne durchkreuzen will. Ob Linnis Wunsch doch noch in Erfüllung geht?

Ein Star im Himbeer-Sahne-Himmel

Linni von Links wird jetzt noch berühmter. Und zwar als Schauspielerin! Als ihre Klasse das Theaterstück Schneewittchen und die sieben Außerirdischen einübt, ist Linni sich sicher: Sie wird das beste Schneewittchen spielen, das die Außerirdischen je gesehen haben. Aber dann schnappt ihr ausgerechnet die langweilige Streberin Jana die Hauptrolle vor der Nase weg. Doch aufgeben kommt nicht in Frage! Mithilfe ihrer besten Freundin Isadora und einem himbeersahnigen Muffin schmiedet Linni einen Plan, wie sie doch noch allen zeigen kann, was in ihr steckt. Schneewittchen spielen? Das macht Linni doch mit links!

136 Seiten • Gebunden
ISBN 978-3-401-06994-4
Beide Bände auch als Hörbücher
bei Arena audio

Arena

136 Seiten • Gebunden
ISBN 978-3-401-60062-8
www.mein-lotta-leben.de
www.arena-verlag.de